# 春《しゅん》嶽《がく》と雪《せっ》江《こう》

この身はこの君にいたすべきこと

東《あずま》 洵《まこと》

郁朋社

# 春嶽と雪江／目次

装丁／宮田麻希

# 春嶽と雪江

――この身はこの君にいたすべきこと――

# 一　御三卿《ごさんきょう》

「若君にござりまする」家老の原田庄左エ門は部屋の隅に手をついて言った。

「うむ」斉匡《なりまさ》は笑みを浮かべて短く答えた。

時は文政十一年九月二日（一八二八年十月）、場所は江戸城の一番北にある田安徳川家《たやすとくがわ》の屋敷である。

正式な名は徳川であるが、将軍家と区別するためにも、また田安門に近いことからも自他ともにこのように呼んでいる。

十万石の大名ではあるものの城は無い。一橋家《ひとつばしけ》、清水家と共に御三卿の一角を占める。御三家と同じく将軍家に世継ぎが途絶えたときにそのあとを継ぐ資格を持つ。

すなわち将軍家の親族扱いで代々従三位《じゅさんみ》を授けられた省の長官である卿に任ぜられたことより、巷間《こうかん》では御三卿とも呼ばれた。

それぞれ十万石を与えられたがひとつのまとまった領地があるわけではなく全国にいくつかの領地が分散していた。領地の合計が十万石というわけである。

田安家の場合は東は武蔵から西は播磨《はりま》までの六か国が領地であった。

それぞれには代官を置き自身は江戸城内に屋敷を持つ。従って領地経営の煩《わずら》わしさを味合わずに済んでいる。つまり日常的には特に仕事はなかったのである。

また将軍家の世継ぎの補充が常に必要となるわけではなく、次第に世継ぎの必要性の有無にかかわらずこの御三卿の子息は御三家や他の親藩に養子に出されることが多くなった。

その田安家の当主徳川斉匡《なりまさ》に男の子が生まれた。斉匡にとっては八男になる。この二か月前には四男の郁之助《いくのすけ》を一橋家に養子にやることが決まったばかりである。いずれこの八男もどこかに出さねばならない。

斉匡は再び原田を呼んだ。

「二人とも元気か」

「至ってお元気にござりまする」

「左様か。まもなく行く。名前はこれにした」と言いながら一枚の紙を示した。

紙には【命名　錦之丞《きんのじょう》　父　徳川斉匡　文政十一年九月二日】とあった。

前々から考えていた名である。

「よき御名《おんな》にござりまする」と原田は平伏した。

側室のお連以《れい》の方を見舞ったあと部屋に帰り腕組みをしてあの子はどこにやることになるのだろうと考えていた。まだまだ先の話である。自分の子が全国に広がっていくのは悪い気はしない。しかしずっとそばにいて欲しいという気もある。

月日は過ぎ錦之丞は小柄ではあったが大した病気もせずに育った。

九歳になった時に養子の話が出た。行先は伊予松山藩《いよまつやま》十五万石である。

「随分と遠くだな」斉匡は呟いた。

海路で行けば早いが公儀の定めで大名やその子息は陸路で行かねばならなかった。

原田は説明する。

「今の藩主は第十二代の松平勝善《かつよし》様にございます。薩摩藩主の島津斉宣《なりのぶ》様の十一男であったと聞いておりまする」

松山藩の先代の第十一代定通《さだみち》には実子がいなかったために養子として松山藩に入っていたのである。勝善はまだ二十一歳になったばかりで世継ぎができる可能性は十分あったが幕府側の意向で錦之丞を養子とするようにということであった。

「まだ早いように思うが。十歳になるまで待ってはどうか」特に急ぐこともなかった。

「一年でございますか」

結局正式に決まったのは錦之丞が十歳になったばかりの天保《てんぽう》八年（一八三七年）十一月のことである。

「半年は過ぎたがまだ世の中は落ちついておらぬようだ」

この年の三月には大坂《おおさか》の町奉行所の元与力で陽明学者の大塩平八郎《おおしおへいはちろう》が門人と共に乱を起こしている。斉匡が言っているのはこのことだと原田は推測した。

苛酷《かこく》な年貢の取り立てで農民が困窮し、米の高騰で町民も下級武士も苦しんでいた時期である。乱はわずか一日で終わったが大坂の町の五分の一が焼き払われ七万人の被災者と三百人近くの死者が出た。幕府にとっては衝撃であった。主に浪人が参加していたとはいえ幕府の元役人が起こした反乱である。

いわば体制内の人間がでである。

「上方《かみがた》ではまだその余塵《よじん》が残っている。江戸でも動揺が収まっていない。しかしあと一年もすれば落ち着くであろう。それまで待つことにしよう」

父斉匡はこのこともあってすぐに松山藩へ移さずにもう一年ほど手許に置いておくことにした。

御三家、御三卿は徳川の血筋を絶やさぬためとは言いながら男の子が生まれたら長男のほかは他家《たけ》へ養子に出すのが通例となっていたが斉匡は何だか惜しい気もした。下の子であったから余計に可愛く思う気持ちがあったからかもしれない。

勝善は結局その斉匡の希望を受け入れた。

それでも将来の藩主に対する教育はしなければならない。

勝善は家老を呼び出し「錦之丞はまだ田安の屋敷にいるがそろそろ藩主教育の準備を進めるよう」にと命じた。家老は教育の担当を江戸藩邸詰めの竹内数馬《たけうちかずま》という若者に託した。

「数馬は三十石取にすぎませぬが儒学にも国学にも明るく適任と思います」家老はこう言って数馬に決めた理由を述べた。

十分時間はある。ゆっくりやろう。

教育は年明けの一月から田安家で始めた。

松山藩の江戸藩邸の上屋敷は三田の麻布にありここより江戸城内の一番北にある田安家に二人の教育係の藩士と共に片道一里半ほどの道を通った。最初は二日おきとしたが次第に頻度が高くなった。


数馬はまず松山藩の歴史から教えることにした。

「ここの三代前の第九代藩主松平定国《さだくに》様は錦之丞様と同じく田安家から来られています」

数馬は退屈な藩の歴史の話に興味を持ってもらうようそう言った。

定国は八代将軍吉宗の孫に当たる。その次の第十代定則《さだのり》は定国の次男であったがわずか十七歳の若さで亡くなったためその弟の定通《さだみち》が若干六歳で家督を継いでいる。

「この第十一代藩主定通様は伊予松山藩の中興《ちゅうこう》の祖《そ》と言われるほどの名君でした」

周囲の優秀な忠臣に助けられたとはいえ多くの業績を残している。

「定通様が家督を継がれたとき、藩の借財は四十五万俵（十八万石）にも達しておりました。藩の収入は十五万石ですから返済するとしても年に二万石が限度です。それでも九年もかかります。普通なら諦めます。しかし定通様はしばらくして家臣への俸禄の引き下げを断行されました」

もちろん自身の生活も質素倹約を徹底した。叔父は緊縮財政で有名な前《さき》の老中松平定信《さだのぶ》である。彼より多くの薫陶《くんとう》を受けているがそれだけではなく定の一字をもらって定通と名乗ったほどである。

ほどなく家臣の俸禄引き下げだけでは足りないことが分かると諸雑費の節約、中でも神社への初穂料《はつほりょう》、祈祷料《きとうりょう》まで切り詰めた。町民でもここまではなかなかやらない。さらに豪農や有力商人へは多くの運上金《うんじょうきん》を納めさせた。町奉行の案ではあったが社倉法《しゃそうほう》というお触《ふ》れを出して凶作や不時のために各家当たりに一定の金額の積立金を科した。四年間で五百両あまりにも達したという。大坂の商人からの高い金利の借金も金利の安い借り先に変更するなど実に細かい工夫をしている。

「藩財政の面だけではありません。藩校は以前からありましたが若手の指導員を多くして緊張感を持たせました。また文武の奨励をはかり弛緩《しかん》していた武士の意識を締め直されました」

町民への教育にも取り組んだ。後年この成果が出てくる。上位下達《じょういかたつ》がやりやすくなるだけでなく下からの意見も吸い上げやすくなった。

殖産興業の面では江戸や上方で評価の高かった伊予結城《いよゆうき》の事業にも補助金を出して保護育成に努めている。これは後の伊予絣《いよかすり》に繋がっていく。

ただ残念なことに子供がいなかった。他家から姫とその相手になる男を養子とした。その男が今の第十二代藩主松平勝善である。

勝善も定通の方針を受け継いで藩政改革を進めようとしている。

数馬はこの十一代、十二代の業績を詳しく説明した。歴代の主君の施策《せさく》を誇りに思っていたからである。彼自身もできれば今の主君の補佐役になりたいと願っていた。

「定通様というのは凄いお方ですね」

錦之丞は熱のこもった数馬の説明を聞いて果して自分はどの程度近づけるだろうかとも思った。

錦之丞は実父斉匡から「お前は羊の生まれ変わりか」といわれるほどの読書家で書道にも精通して

いたので物事の理解は早かった。

いずれ藩主になる方である。藩の財政は今も苦しいので質素倹約の心構えも説いた。

松山藩は享保《きょうほ》の大飢饉のときに領民に多くの餓死者を出した。それに引き換え武士階級には犠牲者がいなかった。このことを咎《とが》められ当時の藩主は幕府より謹慎処分を受けている。それ以来、江戸藩邸の火事など不幸が続き藩の財政危機が続いている。それでも藩主勝善は倹約を励行し、落雷により焼失した天守閣の再建まで目指していた。

錦之丞は理解が早いだけでなく人の話をよく聞いた。そればかりかよく質問してきた。

「どうしてそうなるのですか」というのが決まり文句であった。

財政危機の要因はいくつもあったがあるとき、参勤交代に多額の費用がかかるということを説明した時にも同じ質問をしてきた。

各藩に出費を強《し》いて力を持たせないようにするのが幕府の狙いであったが、そのとおりに説明すれば幕府への批判ともなりかねない。

このため幕府開設以来の制度ですからとしか言えなかった。錦之丞は数馬の目をじっと見つめながら「ふーん」と言ったがその目は納得していない様子であった。数馬は冷や汗をかいたが同時にこれはただの子供ではないなとも思った。

藩校では基本的に儒学《じゅがく》であったがこの頃には国学《こくがく》や蘭学《らんがく》もはいっていた。錦之丞はその蘭学の中でも特に医学や兵法に興味を持っていた。既にこの五十年ほど前には杉田玄白《すぎたげんぱく》が蘭語を訳した解体新書《かいたいしんしょ》を刊行しており断片的ながら、徐々に西洋医学の知識も巷《ちまた》に拡がっていた。

錦之丞は蘭学の話を聞くたびに西洋は進んでいるなと感じていた。観念的なものとは違い実証・事実を重視する点である。これは後に教えを請う水戸の斉昭《なりあき》の国学中心の考えとは少し違っていた。

「儒学は孔子孟子《こうしもうし》の唱える徳治主義《とくちしゅぎ》や倫理的修養《りんりてきしゅうよう》を学ぶもので堅苦しいところがありますが、国学は古事記や日本書紀などの古典の研究から始まり日本人固有の精神を究めようとするもので、人間らしい感情を自然に表現するところが良いのです」と数馬は説明した。

儒教や仏教などのなかった古代は良き世界であったというのだが、これは突き詰めると尊王思想《そんのうしそう》につながっていく。

しかし昔も決して平穏なばかりの世界ではなかった。多くの陰謀や血なまぐさい争いも結構あった。天皇や貴族が政治を行っていた頃も実際には家柄や血筋が幅を効かせていたし露骨な権力争いもあった。が、それは政治を執り行う貴族の社会だけであった。

武士や町民にはそれほどまでの階級による身分の差はなく、今ほど細分化も固定化もされていなかった。今はよほどのことがない限り百姓の子は一生、百姓のままである。武士といっても家格《かかく》も決まっておりそれによる仕事も制限があった。

家老の家系はずっと代々家老のままだし、一度家の俸禄が決まると功の多少にかかわらずほぼ固定化されている。

大名に至っては今や譜代《ふだい》の大名のほとんどは徳川家より出ている。数馬は内心そのうち日本中が徳川から出た人間が権力を握ることになるのではないかと思っていた。

これらのことを説明するのは難しかった。

相手は御三卿からきたお方である。下手な説明をすればお咎《とが》めを受ける。数馬は藩校で次のような教育をうけていたのでそのまま説明することにした。

「長い戦乱の世が終わり権現様はようやく平和な時代を築かれました。これを逆戻りさせてはならない。安定と秩序を保たなければならない。君主への忠誠を重視することが必要であると考えられた権現様は儒学を治世の根本に置かれたのです。その代わり上に立つ者は天を畏《おそ》れ厳しく身を律せねばならない。長幼《ちょうよう》の序《じょ》は儒学の教えの中心となるもので社会の安定のためには不可欠である。結果として今の平和な世がある。この状態を維持するにはまず武士階級が模範となるべきである」と。

しかしこのような説明をしながらも建前だけを言っているなとは自分でも感じていた。

すでに全国の各藩は疲弊《ひへい》し、武士階級も一部の上層階級を除き、生活するのがやっとの状態であるにも関わらず、とるに足らない仕事が意味もなく続き、社会の仕組みの多くが形骸化し始めていた。極端な例では将軍家から拝領の品を守るためだけが仕事の武士もいた。

開府当所は豊かであった幕府のふところも次第に乏しくなっている。日光東照宮の造営をきっかけに激減した幕府の御金蔵《ごきんぞう》はその後の大奥での浪費や多くの将軍の姫君を輿入《こしい》れさせるのに多額の金を使い、じりじりと減り続けている。それを補うために諸藩への運上金が課せられている。

ロシアやイギリスなどの接近に備えて海防《かいぼう》の強化を急ぐべきであったが、その備えはほとんどできていなかった。またそれをやろうとしてもその費用の捻出《ねんしゅつ》もできない状態であった。幕府単独ではできないため雄藩《ゆうはん》に命じて砲台の建設や海岸の警備をさせる程度である。一方では些細《ささい》なことを理由に主に外様大名《とざまだいみょう》をとりつぶし幕府直轄の天領《てんりょう》にして幕府の収入を増やし財政を再建しようとしていた。しかし、藩がとりつぶされたところでは次に仕える先がなく何代も浪人生活を余儀なくされる武士が増え武士階級の不満も次第に増えている。社会不安の種となるのを無くしたかったが幕府には名案がなかった。

他方、有力商人は大名以上の生活を送っていた。大坂の米商人の中には夏になると居間にガラスの天井を張り金魚を泳がせて涼《りょう》を求めるということまでやった。噂に上りさすがに大坂町奉行も放置できなくなり家の没収やとりつぶしまでしたがそこまでであった。社会の変化に政治システムはついていけなかった。

江戸幕府は各藩からなる連合国家で幕府の財政は幕府直轄の天領からの年貢や金山、銀山の収入とわずかに海外に門戸を開いていた長崎での貿易の利益だけで成り立っていた。

各藩はそれぞれ独自に財政運営をしていたのでその年貢やその他の税金にはバラツキがあった。幕府や各藩の税収は農民の年貢に多くを頼っており商人からの定量的かつ合理的な税金を取ることまでは考えつかなかった。農民からの年貢は農地の面積により決まっておりとりやすかったのに反し、商人の収入を査定するには膨大な事務作業が必要であり当時の役人の手には負えなかった。一応、運上金や冥加金《みょうがきん》という名目で商人から税金に相当する分を納めさせていたが対象範囲も額も不明瞭でその場限りのものが多かった。

農民の年貢にも制度的に問題があった。

一度農地の面積が決まると納めるべき年貢が決まり農作物の豊作不作にかかわらず必ず納めなければならなかった。名主《なぬし》あるいは村役人は代表してその納税義務を負わされた。末端の百姓が役人に税の取り立てで責められるのではなく村役人の責任とされたため税の取り立てに当たるのは村役人であった。

米の納税額は決まっていたが藩によっては収入を増やすためにそれ以外の納税が課せられることもあった。米以外の農産物に税をかけたり御用金《ごようきん》を調達したりである。

時代は遡《さかのぼ》るが福井のとなりの若狭小浜《わかさおばま》藩では米による年貢だけではなく大豆も年貢の中に入れていたが、あるときその年貢を引き上げることになった。それに不満をもつ農民の反発が強まりとうとう直訴《じきそ》が始まった。度重なる直訴に手を焼いた藩はそれを認める代わりに首謀者《しゅぼうしゃ》の庄屋をとらえ磔《はりつけ》の刑にしているという例もあった。福井藩でも明和《めいわ》五年（一七六八年）に起きた越前大一揆があり、それ以後は領民からの御用金の調達は難しくなっていた。

反面、商人階級は資金的にますます強大になっている。武士階級はそこに寄生しているようなところがあった。

この頃には文治主義《ぶんちしゅぎ》の色あいが濃かったが、徳川幕府は基本的には武断政治《ぶだんせいじ》である。武力でもって辛《かろ》うじて社会の不満を抑えつけていたがやはり大塩平八郎の乱のようなことが起きる。

社会の構造、仕組みに軋《きし》みが生じていた。

さて錦之丞の藩主教育も順調に進み藩財政の立て直しの話になった。

当時の松山藩は現在の松山市を中心として西は伊予市、南は面河渓《おもごけい》辺りで北は現今治市《いまはる》から西条市《さいじょう》辺りまでであった。

瀬戸内は蝦夷地《えぞち》から大坂までの日本海まわりの北前船《きたまえぶね》が通る海運の要衝《ようしょう》であったが、多くの船は呉《くれ》の南の倉橋島《くらはしじま》南岸から竹原《たけはら》の南へ、さらには因島《いんのしま》から福山《ふくやま》へ抜ける北寄りの航路をとることが多かった。

「どうしてですか」いつもの質問が出た。

「松山藩のある今治の目のまえには来島《くるしま》海峡があります。ここの潮流は早く帆船では逆潮《さかしお》はもちろん追い潮でも渦に巻き込まれたりして操船《そうせん》が難しかったからです。このため瀬戸内を通る船の多くは北側の航路を通り、従って通行料も多くは対岸の芸州《げいしゅう》広島藩の方に入っていました」

「農産物は米、麦及び豆類が多く取れ立藩《りっぱん》当時は豊かでありましたが、ここ十年近くは飢僅《ききん》や幕府への運上金が続いて財政は火の車でした。ただ櫨《はぜ》の栽培は盛んでございまして大坂へは多く出荷されています」

当時の蝋燭《ろうそく》の原料である。

江戸育ちの錦之丞は櫨を見たことがなかったので大いに興味を持った。「どのようにして植物から蝋がとれるのですか」という質問をしてきた。数馬も実は知らなかったので調べておきますとしか言えなかった。いい加減な返事をするとさらに質問されるので正直に答えるしかなかった。

この藩は第四代の藩主が俳諧《はいかい》を趣味としていたこともあり、次第に城下にも拡がっている。また能楽も盛んであることから文化の藩ともいえた。数馬は文化面での教育も必要だと思っていた。この辺は国学を通じて多少の経験も知識もあるので自信を持って説明できる。

「俳諧にはご興味はありませんか」

「漢詩は少しは勉強したが」

錦之丞はこの方面への興味はあまり示さなかった。まだまだ若く人生経験が乏しいからかなと思っていた。しかしこれは数馬の思い違いで、後年には忙しい政務の間に歌作《かさく》もしており歌人橘曙覧《たちばなあけみ》との交流を続けて新政府の政治惣裁職《そうさいしょく》になってからも自作の和歌の添削を頼んだりしている。生涯に千五百首以上の和歌のほか漢詩も多く残している。

## 二　越前福井藩《えちぜんふくいはん》

暑い日々が続いていた。さらに蒸《む》し暑さも加わる日本海側の夏である。

天保《てんぽう》九年（一八三七年）七月二十七日、国許《くにもと》に帰っていた第十五代越前福井藩主の松平斉善《なりさわ》が突然死去した。彼は子作り将軍（男女併せて五十三人の子供がいた。但し無事に成人したのは半数くらいであった）と呼ばれた第十一代征夷大将軍家斉《いえなり》の二十二男であった。家斉は一橋からの養子で将軍家の中で自分の血筋を絶やさないこと、すなわち一橋の血筋を残すことを目標にした。このための子作りであった。それなりに健康維持に気を付けており今でいう牛乳やチーズを取り寄せて食し、さらには精力増強にオットセイの睾丸《こうがん》の粉末を飲んでいたという。このためオットセイ将軍とも呼ばれた。

酒は毎日飲んでいたが早寝早起きや馬術や弓道、剣道にも精進した。そのためか長生きし、将軍の在位は五十年に及び引退後も五年近く実権を握っていた。このため大御所《おおごしょ》と呼ばれている。子作り以外は豪奢《ごうしゃ》な生活で浪費を続けるだけだった。幕府財政を救うために度重なる貨幣の改鋳改悪《かいちゅうかいあく》を行った。その直後は多量に作った新しい小判のおかげで幕府の収入は増えたものの旧の小判もまだ流通していたので国内経済を混乱させた。また新小判の金の含有量が少なかったため新小判の価値が下がり旧小判もそれに引きずられて結局インフレが進み結果として財政を傾けることにしかならなかった。

大奥の女性も八代将軍吉宗の時に大幅に削減《さくげん》していたが家斉の時代には再び増加していた。家斉が積極的に増やしたのではない。

大奥は将軍の御台所や老女が仕切っている。彼女らが勝手に増やしていくのである。

将軍はそれを放置したままであった。

家斉の子斉善は生来病弱《しょうらい》で江戸城の外へは出たこともなかった。さらにこの頃には視力も殆んどないような状態であった。しかし藩主ともなれば参勤交代の務めもあり国許《くにもと》へも行かねばならない。無理をして初の入国を果たしたがその直後に亡くなった。

死因は分かっていないが長の旅での疲労ではないかとも言われている。まだ数え年で十九歳であった。病弱のため結婚もしていないし、もちろん嫡子《ちゃくし》もいない。

将軍の子供には何らかの身体的な欠陥を持つ者が多かった。研究者によると大奥の女性のほうに問題があったことが指摘されている。その頃の化粧品の中には鉛を含むものが多く、常時これを使っていた大奥の女性は妊娠した場合にこの鉛の毒が胎児に悪影響を及ぼしたのではないかとも言われている。ただ彼の場合はそれに加えて大奥での贅沢三昧《ぜいたくざんまい》の生活に問題があったようである。

急死の報告は八月初めには江戸城内にある江戸藩邸上屋敷に届いた。

まさかの出来事である。何の用意もしていない。

先代の福井藩第十四代藩主斉承《なりつぐ》（実は彼も二十五歳で急逝《きゅうせい》している）の正室（斉善の義理の母に当たる）は知らせを受けて慌《あわ》てた。当然である。本来であればお家は断絶である。

正室は江戸の霊岸島《れいがんじま》の中屋敷に住んでいたが直ちに江戸城に登城《とじょう》し、第十二代将軍家慶《いえよし》に泣きついた。

「上様は斉善殿の実の兄上でございましょう。何とかなりませぬか」

「しかし天下の御法《ごほう》もある。将軍とはいえそれを踏みにじるわけにもいかぬ。他の大名を納得させるための大義名分も必要だ」

またお側御用人も言う。

「養子を迎えるとなると相手の家格との調整やいろいろな準備が要《い》りまする。数日でそれができるような適当な人間がおられるかどうか」


まもなくお側御用人が馳《は》せ参じた。

「田安家の錦之丞さまは如何でしょうか」

「あれは確か去年伊予松山藩に養子に行ったのではないか」

「しかしまだ田安の屋敷におられるようです」

松山藩への養子を覆《くつがえ》すには将軍の強権《きょうけん》を振りかざすしかない。

ただちに三田麻布の松山藩江戸屋敷にいる松平勝善を呼び出し「余の命である」として承服させた。

家慶は少し間をおいてから言った。

「……余の考えが変わった。その方はまだまだ若い。そのうち世継ぎはできる」

錦之丞を松山藩へ養子にすることを指示したのも徳川幕府である。勝善は内心ではこれこそ朝令暮改《ちょうれいぼかい》の典型ではないかとは思いながらも相手は将軍である。従うほかはなかった。

この日は九月四日であったが斉善の死去は八月末とした。これでも辻褄《つじつま》が合わないが以前から決まっていたことだからということで乗り切った。

勝善はすぐに家老と数馬に知らせた。数馬にとっては青天《せいてん》の霹靂《へきれき》である。

「そうですか」数馬は短く答えた。

教育は予想以上に進み次に何をしようかと迷っていたところだからそういう意味ではほっとしたが、今の主君に続いて名君になるだろうと期待していたのにがっかりした。

無理もない。次の藩主を育てているという大役《たいやく》に燃えていたからである。晴れ舞台から退いた名残惜しさはあった。

なにか掌中《しょうちゅう》の大事な宝物を無くしたような感じがした。しかし自分ではどうしようもないのも分かっていた。

それでもこの八か月ほどは充実した日々であった。今から思うと毎日が緊張と興奮の連続で楽しかった。夢があった。自分自身も勉強させてもらった。

まもなく田安家へ参上し錦之丞にこのことを申し上げたが、錦之丞からは「別れるのは忍びないがこれも運命です。教えてもらったことを福井藩で生かしていきます。数馬殿もお元気で過してください」との言葉を賜《たまわ》った。

立派なことを言う。

これなら藩主として十分やっていける。十一歳であるがもう一人前だと思った。

十月二日には正式に第十六代越前福井藩主として家督《かとく》を継承《けいしょう》した。江戸城に登り藩主就任の挨拶の後、将軍家慶（錦之丞は斉善の養子となっていたから義理の伯父に当たる）、前《さき》の将軍家斉（同じく義理の祖父になる）をはじめ将軍の御台所《みだいどころ》や家族に対面している。このとき家慶からは太刀、脇差《わきざし》や硯箱《すずりばこ》をはじめ数々の品を拝領している。家斉からは銀細工一式を、御台所やその他の親族からも多くの品をいただいた。慣例である。

その後日本橋の近くにある江戸常盤橋《ときわはし》の福井藩邸に入った。

すでに江戸家老をはじめ江戸藩邸詰めの近習《きんじゅう》とは対面は済んでいたが改めて将軍に拝謁《はいえつ》をしたことを告げた。

伊予松山藩では現在の藩主勝善が存命していたため藩主になるのはまだまだ先だと思っていたから気が楽だった。しかし福井藩ではもう既に藩主である。すべて自分が差配《さはい》していかねばならない。

すぐとなりの間にはさきほど拝領した品物が整然と並べられている。

「これらはどうするのか」と傍《かたわら》の者に尋《たず》ねた。

「以前に拝領したものもありますので普段お使いになるもの以外は大切に蔵に保管しておきます」と江戸詰《えどづめ》の家老が答えた。

「普段使うものがこの中にあるのか？」

「いえ、いまのところはございませぬ」

毎年、将軍家への貢物《みつぎもの》もありお互いに儀礼的なことに多くの金を使っている。蔵には使いもしない物が積み上げられている。そのうちのいくつかは功のあった藩士に褒美の品として与えることもあったが多くはそのままである。

勿体《もったい》ない。錦之丞は伊予松山藩第十一代藩主の松平定通であればどのように対応していったであろうかと考えていた。


十二月十一日には元服《げんぷく》し将軍家慶から慶の一字をもらい慶永《よしなが》と名乗った。松平慶永の誕生である。しかしこれよりも松平春嶽《しゅんがく》のほうがよく使われている。春嶽とは号《ごう》である。号とはもともと文人が本名とは別に使用する名称でいわばペンネームのようなものであったが次第に高位《こうい》の武士も使うようになった。公式の時を除いては気にいっていたのか春嶽をよく使った。

この稿《こう》でも以後この号を使っていく。

明けて天保十年（一八三八年）一月十一日には朝廷より正四位下《しょうよんいげ》の少将の官位を与えられた。

春嶽は福井藩については殆ど知らなかった。初代藩主が家康の次男の結城秀康《ゆうきひでやす》であったことくらいしか知らない。このときは六十七万石という大藩であったが第二代藩主の忠直《ただなお》の不行跡《ふぎょうせき》やその後の藩主の自殺あるいは発狂などがあり、さらに藩の分割などで低いときには二十五万石まで減らされている。この時には多くの藩士が禄《ろく》を失った。

その後、支藩の再併合や加増《かぞう》により春嶽が跡を継いだ時は三十二万石まで回復している。家格は親藩《しんぱん》・御家門《ごかもん》扱いで越前藩とも呼ばれた。要するに別格であった。


この頃の福井藩の財政状況を参考のために触れておく。

数代前になるが記録に残っている享和《きょうわ》二年（一八〇二年）には藩の収入が三十万三千六百九十三石となっている。

米一石の値段は時代により大きく異なるが現在の価値にしておよそ五万円から九万円くらいになる。従って藩の収入は百五十二億円から二百七十三億円になる。

支出の内訳は地方知行《じかたちぎょう》（家臣が一定の領地の年貢、行政、および裁判権などを自由にできるようにした制度で重臣への俸給の一形態）及び寺社領《じしゃりょう》への支出が六万八千九十石で五百石以下の武士の知行が六万七千百九十石およびそれ以下の一般の武士の俸給が十一万九千三百八十五石である。

これらの支出は固定費とも考えられるもので合わせて二十五万四千六百六十五石となり残りの四万九千二十八石が藩の必要経費および御台所高《みだいどころだか》になり藩主家族の生計費等となる筈であるが役所の運営経費が嵩《かさ》んで実際に収納されるのは三割強の一万六千石あまりにしかならない。しかし一方で雑収入として役所への届け出時の費用（現在の市役所の証明書の発行手数料あるいは許認可費用などに相当する）などは割と多く一万六千石近くになる。それを併せても藩邸に残る金は三万二千七百四石となる。

しかしこれら以外に出ていく金がある。すなわち変動経費に相当するもので、江戸屋敷での経費が二万九千八百六十四石と最も多い。現在も東京本社の経費が多いのと似たようなもので江戸滞在費用が一番大きかったのである。さらに大坂や京屋敷での入り用が併せて一万六百三十七石、その他雑支出六千二百七十三石を加えると四万六千七百七十四石になってしまう。

したがって不足分は一万四千七十石になってしまう。この不足分は領民への御用金の割り当てや藩士への借米《しゃくまい》（藩は藩士から借りるということで事実上の賃下げとなる）という形での俸禄削減あるいは商人からの借り入れで埋め合わせている。これもほぼ毎年であるから当然その額は徐々に累積《るいせき》していく。いつまでも続けられるわけではない。藩士への俸禄削減などは多いときは四割を超えることもあった。

二年に一回の参勤交代の費用も大きい。旅費だけで三千両を超えることもある。薩摩藩等は江戸から遠い分だけその費用も大きく一万両を超えたともいわれている。

この商人からの借金については面白い話がある。越前藩には三代藩主忠昌《ただまさ》の時に別邸として作られた御泉水《おせんすい》と呼ばれる庭園があった。当初こそは藩士の宴《うたげ》や茶会の席として用いられたが、後年この御用金を依頼するときは商人をここに招待して饗応《きょうおう》したというのである。

身分の上では建前上武士が一番上であったがこの時ばかりは一番下の商人に遜《へりくだ》っていたのである。広大な池を背景に立派な部屋で無骨な武士がひたすら饗応に勤めている姿を想像するだけで面白い。明治になってからは春嶽がこの御泉水を「養浩館《ようこうかん》」と名付けた。今も観光名所になっており部屋の中にも立ち入ることができる。

さて官位を受けた後の春嶽の関心は藩主教育の担当者が誰かということに絞られていった。

このときに出てくるのが中根《なかね》雪江《せっこう》である。

年齢はすでに三十二歳になっていた。

春嶽から見れば父親のような存在である。数馬のような若者ではない。家禄も七百石と大物である。

# 三　中根《なかね》雪江《せっこう》

中根雪江は文化四年（一八〇七年）に福井藩士中根孫右衛門《まごえもん》衆階《しゅうかい》の嫡男として福井で誕生した。名は師質《もろかた》で雪江《せっこう》は号である。父の孫右衛門は御側御用人として前々藩主の斉承《なりつぐ》に仕えていた。まだ十五歳であった斉承をこれから教育していこうとしているところである。

中根家は桓武平氏《かんむへいし》の末孆《まつえい》と言われ三河《みかわ》地方を中心に一族が拡がっていたが、慶長《けいちょう》十五年に福井二代目藩主忠直に二百石を以て召抱えられる。元和九年に主君が豊後《ぶんご》に配流《はいる》されると付き従いここで没する。

その子は成人後、三代目藩主忠昌から主君に対する父の忠勤をめでられ福井中根家の三代目にとりたてられる。以後徐々に禄を増やし代々七百石として重要な役目を引き継いでいる。

文政《ぶんせい》十一年（一八二八年）、藩主に従い病弱の父中根孫右衛門と共に雪江は初めて江戸に出た。この二年後に孫右衛門は亡くなり雪江は二十四歳にして家督を継ぐ。

さらにその一年後には御側御用人見習《おそばごようにん》いになり斉承に仕える。

斉承は家臣の知行の七か年の半減を実行するといった藩財政再建に尽くした半面、正室浅姫《あさひめ》（大御所家斉の娘）のために豪華な御殿を作るなど浪費もあった。

自身も贅沢癖《ぜいたくへき》もあったし浅姫も似たようなものであった。したがって節約を徹底していたわけではない。領内では天然痘の大流行で一千名を越える死者が出ていた頃である。

しかしその斉承も在府中の天保六年（一八三五年）七月に二十五歳の若さで天然痘で病没する。

九月になってそのあとを継いだのが浅姫の弟であるやはり家斉の子になる斉善《なりさわ》（十六歳）である。

このとき幕府からは二万両の持参金がついていた。

同時期の江戸詰中に雪江は御用人御奏者番《おそうじゃばん》兼務となる。しばらく仕えて雪江は斉善の人となりを見たが江戸城から多くの近習《きんじゅう》を従えてくるばかりかこれまでの大奥の贅沢を持ちこむだけの人間であった。

藩政については殆んど見向きもしない、というかできなかった。

藩の若手の間には藩の現状に対して不満が渦巻いてきて公然と口にするようになった。

これまで従来の慣例に従って藩政をほしいままにしてきた重役たちもさすがに若手の突き上げに抗しきれず何とかしなければという考えに近づいてきた。今度の藩主は大御所の息子であり現将軍の弟でもある。といっても次男と二十二男という開きはあったが。

藩の重役連中は現在の藩の窮状を訴えるには藩主が代わった今が好機と考えて、半年後の天保七年（一八三六年）の二月に藩主斉善の名で幕府に嘆願書を提出する。家斉の子であればまだ幕府が助けてくれると思っていたのである。

その嘆願書の要旨は、

一．所領は表向き三十二万石だが実収入は豊作不作平均して二十九万石である。
二．赤字は毎年二万六千両を越え領民からも御用金を徴収しているがとても追いつかない。またこれが限界である。
三．累積の借金は九十万両に上る。（歳入の二十年分を超える）
四．増石《ぞうこく》（所領の増加）をしてほしい。

である。

嘆願書は出しただけに終わった。

大御所はまだ実権を握っていたが幕府の御金蔵《ごきんぞう》には金がなかった。さらに時の老中首座はなったばかりの水野《みずの》忠邦《ただくに》である。

幕府の財政を立て直すための天保《てんぽう》の改革に乗り出さんとしていた矢先である。

このなったばかりの老中の気合いに負けて将軍も大御所も出してやりたくても出せなかったのである。

この当時、仙台藩は七十万両、雄藩といわれた薩摩藩でも五百万両の借財があったとも言われる。どこの藩も財政は破綻《はたん》していた。米を基軸とした経済から貨幣を中心とした商品経済に移行していたが政治は古いままだった。小氷河期《しょうひょうがき》を迎えていた江戸時代の天候による冷害は周期的におしよせ米の不作が続いた。商業資本は米価の乱高下を作り出した。支配階級の武士も知行米を貨幣に変えねばならない。

各藩の米は蔵に納められ自藩で消費したり戦に備えて貯蔵する以外は大坂にある各藩の蔵に収蔵される。米商人はこれを売り買いし売買代金を各藩に渡す。

このとき売買の差額を利用したり手数料を取ったりして少しずつ利益を蓄えやがて巨額の富を築いていく。この資本で海運業や高利貸し、さらには酒造業を運営し支配していく。

この辺りはどこの藩も似たようなもので江戸中期以降、武士は支配階級から脱落していく。前述のごとく商人への課税制度は明確でなかった。

現在では商業資本も課税対象となり会計処理も法律で規制されて収入の多くは捕捉されているようだが、この頃にはまだそんな制度はなかった。

さて話は戻る。斉善が福井に向かうのと入れ替わりに雪江は江戸詰めとなりそのときに永年憧れていた国学を究めようと平田篤胤《ひらたあつたね》に入門する。このときには自らの意思で御用人御奏者番兼務を辞退している。

斉善の急死後田安の錦之丞が後を継ぐと雪江は直ちに「御養子に関する御用掛《ごようがかり》」に任じられ、続けて十月には「御引《おひ》き移り御用掛」となり昼夜を分かたず奔走する。このときは御用人ではなかったが御引き移りにかこつけて実質上の御用人兼教育担当となる。

雪江は直ちに伊予松山藩の数馬を訪ね、これまでの教育の進み具合と錦之丞の様子を訊いた。

「私が講義する前にいつも十分な予習をされていたように思います。私の講義に時々頷《うなず》いておられましたし質問も予《あらかじ》め手許《てもと》の紙に書き留められていて中には鋭い質問もありあわてたこともありました」

「そうですか。……そのほかに何かに興味をお持ちでしたでしょうか」

「どんなことにも興味を示されていたように思います。……そういえば少し気になることがありましたね」

雪江は膝を乗り出した。

「どんなことですか」

「海外の事情に強い興味をお持ちのようです。特に欧米の政治制度です。自分は蘭語《らんご》は分からないがその道に詳しい者から教えを乞いたいと言われたことがあります。私からは詳しい説明はしませんでしたが」

数馬からの説明で春嶽のおおよその人物像は想像できた。また一般的な四書五経《ししょごきょう》などは既に学習されておりそれをするのは今更という感じがしたので、まず喫緊《きつきん》の課題である財政の問題から始めることにした。

雪江は年末にかけて藩の内情、財政について説明した。幕府に嘆願書を出してからまる二年半も経っていたが何も変わっていなかったのである。

説明が終わると、春嶽は「何故今に至るまで何もしなかったのか」と訊いた。

これには藩主のような高貴な方は銭勘定《ぜにかんじょう》などはしなくともよいという考えもあったし虚栄を張って他藩と肩を並べるということに何も疑問を感じない多くの重役の姿勢が一番大きな要因だったが、さすがにそれは言えず、「藩士全員の意識が足りないのです」と答えた。

「本当に全員か？」

藩内では高禄《こうろく》の者もいればわずかの俸給で辛うじて武士の体面を保っている者もいる。立場によってはいろいろな考えがある筈だ。

春嶽はまたもや伊予松山藩の定通のことを思い出していた。彼が藩士の俸禄の削減を言い渡したのは周囲の進言があったとはいえ十歳にも満たない年頃である。自分はまもなく十二歳になる。自分にできないことではない。家督の相続のほか官位の受領など雑多な用事に忙殺《ぼうさつ》されていたが徐々に決意を固めていった。

日頃の雪江の態度からも彼がいる限り自分はひとりではないとも思っていた。

年が明けて天保十年（一八三九年）に少将の官位が授与されると春嶽はその一か月後の二月末には突如として藩士全員に三か年の俸禄の半減を申し渡した。

半減である。一割や二割ではない。その直前に春嶽は雪江に定通の話をしていたので雪江は春嶽が俸禄削減を考えていることは推測できたが二、三年先だと思っていた。俸禄の半減は斉承の時にもあったとはいえこのようにすぐにやるとは思っていなかった。

雪江は絶句した。もとより生活の苦しい下級武士には打撃が大きかった。しかし思いもよらず若手藩士や少禄の者たちからは春嶽への期待が湧きあがった。

　若手のなかには表面上五十石取であっても借米もあり実質的には三十五石程度という者もいた。それが二十五石になりたしかに打撃とはなったが以前よりは三割減なので半減されたという意識はあまりなかった。

　春嶽の実家の田安家は以前から贅沢を戒めていたことはよく知られていたので藩士たちはもしかしたらという思いに駆られ春嶽の本気度を感じた。五月になると彼らは雪江の許に藩主に是非ともお願いしてほしいと申し込んできた。

　これが「八カ条藩政改革建言書《はんせいかいかくけんげんしょ》」である。浅井八百里《あさいやおり》、天方孫八《あまがたまごはち》、鈴木主税《すずきちから》など家格の低い者五名の連名による。雪江は突き返されるかと思って心配した。

「このような建白書が届いておりますが如何いたしましょうか」

「誰の意見か」春嶽は静かに言った。

「若手五人の意見でこれまでの藩政を変えるべきと書いています」

　春嶽は若手の意見と聞いて嫌な顔をするどころか「そういう声を聞きたかったのだ」と喜んでこれを受け取った。

　後に春嶽の七言絶句『偶作』には『我に才略無く我に奇無し。常に衆言《しゅうげん》を聴きて宜しきところに従ふ』という言葉を残しているがすでにこの頃よりその気風があった。

これまでも春嶽は身分の上下にこだわらず対応していたし、上にもの言う藩士にはむしろ楽しんで議論をしていた。自分は何も知らない人間であることを強く意識していた。

今までは書物から知識を得ていたがこれからは生きている人間から学ぶのだと。

無理をしているのではない。信ずる道であれば我一人たりとも進まんという気迫があった。

この若殿には天性の何かがある。心底この藩を良くしようとする姿勢が感じられる。雪江はこれを見て深い感銘を受けた。

このときに雪江は生涯この主人に仕えていくべきと心に決めた。

「この身はこの君にいたすべきこと」これがこのとき自らに誓った言葉である。

以後、終世《しゅうせい》春嶽の手となり足となり時には頭脳となって主君に仕えていく。

この建言書とほぼ時を同じくして雪江は「中根靭負建白書《なかねゆきえけんぱくしょ》」なるものを提出する。靭負とは本名である。

その中身は、

「誠に恐れ入りながら申しあげ奉り候」ではじまる文章は一万五千文字を超える長文である。以下は中根雪江先生百年祭事業会編「中根雪江先生」からの引用である。長すぎるのでその一部を紹介するとまず、

「夫《それ》、天《てん》の覆《おお》う処《ところ》、地の載《さい》する処、惣而《そうじて》　今上《きんじょう》天皇の御領地ならぬは無き御座候得共《ござそうろううるとも》、天皇御一身《ごいっしん》にても御治《おんおさ》め難く遊ばされ御事故《おんことゆえ》　将軍へお任せ遊ばされ将軍、天皇に代らせられ天下を治め給ふ御事

ながら、是亦御一人《これまたごいちにん》にては御手届兼候故《おんてとどきかねそうろうゆえ》、諸侯方へ御配分にて、夫々御治《それぞれおんおさめ》させ被遊候御事《あそばされそうろうおんこと》に御座候。されば諸国の御領国は御拝領とは乍申《もうしながら》、実はお預かりにて、其御国御収納斗《ごしゅうのうと》りは御拝領に御座候。

其御収納を以《もつて》、何の御不足なく被為在候《あらせられそうろう》御座候得《ござそうろうえれ》ば、其御代りには御国民末末迄安穏豊楽《おこくみんすえずえまであんのんほうらく》に有之候様《これありそうろうよう》御政道無御座候《なくそうろう》は而《しか》は、御国主《おんこくしゅ》の詮《せん》も無之《これなく》、公邊《こうへん》への御勤功《ごきんこう》も相立不申候得《あいたちもうさざるそうろうえれ》ば、禁廷《きんてい》への御忠節も相立不申《あいたちもうさざる》御事にて不相済《あいもうさず》御事に御座候。……云々」とある。

まずはこの国の主権は天皇にあり将軍はその治世を任されているだけでさらに大名諸侯はその下にあって働いているのであるとしている。

国学はこのように解釈している。この国の政治形態をこのようにとらえていた。

雪江の考え方でもある。将軍および諸侯は御国の経営を委任されているのであるから正しい御政道を目指さねばならないというのである。続いて、

「然るに当世の御様子は上御一人《うえおひとり》の御為に国家衰弊《すいへい》に及び候事、乍恐《おそれながら》公儀御法令にも被為違候御《たがえられそうろうおん》儀《ぎ》御座候。上にて御法令に被為背候得《そむかれそうろうえれ》ば、御国中の者供は、又上の被仰出《おおせで》を相守り不申《もうさず》候儀、当り前の道理に御座候……」と最近の様子を嘆いている。また、

「御前《ごぜん》には御幼年御家督と奉申《そうしもうし》、誠に御養子様にも被為在候得《あらせられそうろうえ》ば、是迄の儀何事も御承知不被《あら》為在《せられず》候御事勿論の御儀にて、格別御苦労にも被思召間敷《おぼしめされまじ》キにも奉存候得共《たてまつりありそうろうえるとも》、中々以不容易《なかなかもってよういならざる》御大任にて、……中略……確乎として抜べからざる英雄豪傑の御気象凛々《りんりん》として御威光迅雷《ごいこうじんらい》の如く萬人《ばんにん》畏伏不仕候《おそれふしそうらわず》は而《しか》は、如斬相乱候《かくのごとくみだれそうらい》国政御取直しは御六ケ敷《おむつかしき》御儀《おんぎ》と奉仕候《たてまつりそうろう》。」

「元来、御家老共の権勢のみ強く、乍恐《おそれながら》　御前には開帳佛《かいちょうぼとけ》同様にて、朝から晩まで面《おもて》をさらしながら、一ト《ひと》徳利《とくり》の酒、一杯の洗米位《せんまいぐらい》の供物ならでは凛《おそれ》られざる如く、別當《べっと》初夫《それ》に附添居候《つきそいいそうろう》者は、下々迄《しもじもまで》も参物《さんもつ》を以《もつて》酒食に飽き歓楽を極める如く、上には国家の御為に御堪忍被遊《ごかんにんあそばされ》御倹約御質素に被為在《あらせられ》、萬事思召《おぼしめし》に任せられぬがちに被為成候得共《ならせそうらえども》、御家老共初《ごかろうどもをはじめ》　御役人共抔《ともなど》は、却而《かえって》諸事自由自在に栄耀を尽し候事、是迄の風儀に御座候。是畢境《これひつきょう》は、上の御威光御軽き故、侮《あなど》り奉り候ての事にて御座候。右の開帳佛も利生灼然《りしょうしゃくぜん》にて飲食の驕《おご》りに賽銭《さいせん》を費《ついや》し候得《そうらえ》ば、……」と続く。

ここには近年の藩の実情を述べており藩主が質素倹約を尽していてもその下の者は歓楽に耽《ふけ》っている。これは藩主の威光が軽いからでありそれをよいことにして家老共は勝手気ままにしていると指摘している。藩主のことを飾り物の開帳佛《かいちょうぼとけ》（各寺院にある布教のための仏）とまで言っている。

ここ二代の藩主に仕えてきた経験からよほど言いたかったことを述べている。

このあと越前福井藩初代の結城秀康の業績から説き始めて、歴代の藩主のあらましに言及している。藩主によっては公儀の御大法《ごたいほう》に触れ領地の半減もあり多くの藩士が禄を失ったこともあったが時には明君の出現により追々領地も増えていったことなど事細かに説明している。

以後は原文の意を分かりやすく記す。

先々代の斉承《なりつぐ》公が藩主になった時は若かったこともあったがその筋の行状が悪く家老共の諫言《かんげん》も届かなかった。このこともあって藩の政治の多くは家老共の手に渡っていった。

その後斉承公の行いは少しは改まったが一度奪われた権力を藩主に取り返すことはできなかった。

先代の斉善《なりさわ》公の場合も同じようなことだった。江戸城で多くの女性に囲まれて育ったため何事も家来が言うことをそのままにし藩の政治はすべて御家老任せになってしまったこと。油断無くしなければ家来どもに使われるとして忠告している。

最近の藩内の風潮についても過度に経済一辺倒になりつつあることについて触れている。ちょっとした茶のみ話でも財利《ざいり》のことばかりで私欲を先にして公利《こうり》を軽視している。これでは藩の経済立て直しはいつのことになるか分からない。

誠に嘆かわしいのは養子縁組のことである。家督相続のため血統を重んじて相手を選ぶべきなのに近年はもっぱら支度の善し悪し、持参金の多寡《たか》にこだわり当人の志操婦徳《しそうふとく》は考慮せず文武の道も疎《うと》く、酒食に耽《ふけ》り風評宜しからぬ者でも親が富裕なら由緒の有無にも関わらず成り立っているようである。ただただ金銀の自由を鼻にかけている。文武に励んでも親兄弟が貧乏であればひとかどの役にも立ちそうなものも世に埋もれてしまう。これらは最も惜しむべきことである。是全ては徳義《とくぎ》を後にして金銀を先にし、公《おおやけ》を軽んじ私《わたくし》を重視することから来ている。これらのことは別して厳しく吟味されるよう……以下略

天保十年亥五月　中根靭負敬白

と結んでいる。

春嶽はこの建白書をどのように読んだであろうか。日頃の雪江の言動からはある程度は分かってい

たがこのように理路整然としかも過激な表現で示されるとは思っていなかった。改めて雪江の熱意をそして自らへの彼の期待の大きさを感じ取った。

しばらくはこれを確認するために家老共の言動を見守っていたようである。

十月以降は春嶽は登城するときに過剰な供を引き連れず自らの手元金も五か年に亘り千両を五百両に半減している。衣服も供を含めて木綿にし、足袋も紺で良いとするなど徹底して倹約するように指示している。俸禄を半減した以上無理をするなという意味である。

多くの藩士は感激した。家老のなかでもただ一人江戸詰の岡部《おかべ》左膳《さぜん》はこの方針に賛成であったが、一方でこれまで藩政を欲しいままにしてきた守旧派の多くはことごとに反発した。素直に言うことをきかないばかりか徐々にあからさまに反発することが多くなってきた。少壮の士は岡部の許に集まった。春嶽も雪江もこの連中を守らねばと思った。

天保十一年（一八四〇年）一月末、春嶽はいきなり守旧派の中心人物である家老松平主馬《まつだいらしゆめ》を罷免した。彼がいる限り藩政改革は進まぬと考えたからである。家老職は五名ほどいたが岡部左膳を筆頭家老とした。さらに二月末になると若手の天方孫八を御側御用人に、また浅井八百里《やおり》を御近習番《ごきんじゆうばん》に任命した。雪江は御側御用人のままである。

やがて幼君の教育が始まった。改革派と呼ばれる若手は張り切った。藩主を囲んでの輪講《りんこう》だけでなく昼餉《ひるげ》の間もその藩主の傍で書を読み合うなどゆっくりと飯も食えなかったのではないかと思うほどである。どちらかというと若手の勉強会に近くなったが勿論議論もした。雪江は若手の暴走を食い止めようとしたが春嶽は気にしなかった。

雪江は翌天保十二年（一八四一年）三月には御側御用人のままで御勝手掛《おかってがかり》（財政担当）を命じられる。続いて春嶽は藩の制度として「量入制《りょうにゅうせい》量出制《りょうしゅつせい》」を設けるよう指示する。歳出は歳入を越えてはならないという制度である。要はプライマリーバランスを確実に守るようにとのことである。

雪江は天保十三年（一八四二年）一月末より国許にいたが五月に出府するとただちに藩の税制を主君に説明した。

このときに春嶽からは、

「一刻も早く福井に入国したい。早く実情を見たい」と仰せつけられる。

本来は十七歳にならないと入部できないことになっていたが、雪江は幕府の特別の許可を得るべく動いた。翌年天保十四年それが許されると雪江は藩主の初めての御国入りでもあり先行して二月二十六日に出府し福井に入りいろいろと準備を整え四月二十七日には江戸に戻った。

五月末に出府した春嶽は中山道《なかせんどう》と北陸道を通って六月十一日に念願の福井に入ったが雪江はその途中に妻兎勢《とせ》を亡くしている。妻はまだ二十五歳であった。雪江は主君に従って移動中であり福井に戻るまでそのことを知らなかった。春嶽は暫《しば》しの休暇を取るように言ったが悲しみに浸《ひた》っているわけにはいかない。

すでに葬儀は済んでいたが幼子三人を親戚に預け主君に随行する。

このとき春嶽は以前から計画していた領内の視察をひと月ほどかけて実行している。稗《ひえ》や粟《あわ》しか口にしていないという農民の生活を是非見てみたかったのである。

事実だった。自らも口にしてみた。供の者にも食させた。こんなものしか口にしていないのか。実際にその状況を目の前にしたとき春嶽は大きな衝撃を受けた。

誰に言うともなく「今、自分を含め藩士一同に無理を強いている。これ以上何をすればよいのか」

雪江は返答できなかった。


まだある。他藩に先駆けて藩札を発行していたが、この価値が大きく下がっていた。藩の財政が苦しかったので先のことまで考えずに乱発を繰り返していた。一両、五両および十両の紙幣であるが、幕府から許されたのは兌換《だかん》紙幣である。商品の流通に伴い近隣の藩まで流通していたので金銀への両替を求められると藩からは夥《おびただ》しい金貨や銀が出ていく。とうとう換金不能となり両替《りょうがえ》差し止めとせざるを得なかった。裏付けとなる金、銀が少ないのが周囲に知れ渡っているから価値はどんどん下がっていく。

天保八年には一両の藩札が銀六十五匁《もんめ》であったものが、この頃には四十匁と相場は六割近くまで下がった。強烈なインフレである。藩札を持っている領民からも近隣の藩からも不満、抗議の声が上がった。

藩札で取引する者がどんどん減っていった。誰もが金か銀あるいは銅銭でないと受け取らない。商売、流通が停滞していった。

何とかしなければならない。

春嶽は藩札を管理する札所《ふだしょ》関係の中枢人物七名を一新したがそれで回復するものでもない。春嶽はこれも雪江に相談した。

八月初めの暑い日である。雪江は資金の調達を依頼するため領内の豪商を勘定所《かんじょうしょ》に招集した。彼らは言《げん》を左右にして出席を渋った。どうせ運上金の割り当てであろうと思われていたのである。

雪江はその状況も正直に春嶽に報告した。

さらに「対策としては流通している藩札を減らし藩札の価値を高めて、かつ両替の裏付けとなる金、銀を増やすしかございませぬ。まずはこれ以上の藩札の発行を止めることです」

雪江は十日と経たず領内に複数あった御札所を整理し新たな藩札の発行を停止した。それでも藩札の価値の低下は止まらない。

「我々藩に対する信用がないのが一番の問題です。藩札の停止も長くは続けられません。藩の経費の支払いも日々発生していますので」

「それを今まで藩札で補っていたわけか」

「止むを得ずやっていたようです。やはり金銀を準備しなければなりませぬが、その手立てが見つかりません」雪江は答えた。

春嶽は「そうか」といったきり遠くに目を移しなにかを考えていた。

翌日春嶽は雪江に二冊の目録を示し「これは福井の蔵に眠っている拝領の品々だ。もう一冊は江戸屋敷にあるものだ。運上金を科すだけでは商人は動かないだろう。これらを運上金の代わりにとりきり放題としてほしい」と言い放った。

雪江は驚いて「上様から頂いたものもありますが」と答えたが、春嶽は「構わない。今はそんなことを言っている場合ではないと覚悟した」

雪江は春嶽のきっぱりとした言い方に彼の決意の強さを感じた。

「いま蔵にあるお品をいくつかお預かりしてよろしいでしょうか」


ほどなく宝物《ほうもつ》のいくつかを選ぶと雪江は再び豪商を招集した。しかも殿の強い希望だとも告げた。さすがに今度は集まった。八月の終わりのことである。勘定所《かんじょうしょ》の広間で雪江は藩の現状を包み隠さず話した。続いて、

「ここにあるのは歴代の殿が拝領したり購入した宝物《ほうもつ》である。お前たちはこの中から好きなものを取ればいい。いまここには目録しかないが江戸藩邸には実物もある。代わりに藩札の両替準備金を用意してほしい。このことは殿の願いでもある。このとおりだ」雪江は低頭した。


商人たちは恐る恐る葵《あおい》のご紋の入った銀細工や金箔の漆塗《うるしぬ》りの什器《じゅうき》を手にとってしばらく見ていたが、やがて「我々は見せていただいただけで十分です。必ずやご期待に添えることでしょう」と言った。領内の豪商は藩の熱意を感じた。今までの藩にはないことだった。

まもなく三国《みくに》の豪商内田惣右衛門《うちだそうえもん》と三国興之佑《みくによのすけ》の二人はそれぞれが五万両、その他の商人も合計六万両という大金を都合した。金の受け取り証だけは出したがいずれも担保なしである。

その後、家老以下も家宝を質草《しちぐさ》にするなど金策に協力し、三年後の弘化三年には一両の藩札の相場を六十五匁に戻すことができた。

両替準備金を用意しただけではこうはならなかったであろう。藩札を無秩序に乱発しないという藩の姿勢が相場を動かした。


藩札の整理が一段落した九月の末に周囲の勧めもあり雪江は再婚する。四十四歳になっていた。新婚の余韻《よいん》に浸《ひた》っている暇はない。十月初めには江戸に向かうと幕府の勘定奉行に会い事の経緯を報告した。十月末には春嶽に報告するため再び福井に向かい主君へのそれが終わると年末には江戸に戻る。

在国の期間も過ぎたので春嶽は天保十五年一月の末には江戸に行くが再び五月には福井に戻り、翌年の弘化二年には出府、さらにその翌年の弘化三年五月には帰福する。主君に同行したりその前後にも雪江は福井と江戸の間を何度か往復する。

揉《も》め事《ごと》が生じていたのである。家老の岡部左膳とその周辺の者が春に藩内の浄得寺《じょうとくじ》で花見をしたときに接待を受けたというのである。藩士一同が倹約に努めている最中だ。使った額はわずかであったが守旧派の者はここぞとばかりに追及した。

倹約は春嶽が言い出したことであり、ここでへたにかばうとせっかく定着し始めた規律が緩《ゆる》む。春嶽は抗しきれず家老岡部左膳と御用人の天方孫八を罷免せざるを得なかった。どこに罠が仕掛けられているか分からない。雪江は己だけでなく身辺にも厳重な注意を払った。

## 四　海防《かいぼう》の勅諭《ちょくゆ》

日本の近海では外国船の出没が目立ってきた。弘化三年（一八四六年）二月には外国嫌いで知られる孝明天皇が即位している。天皇は天保十三年（一八四三年）に終わったアヘン戦争で中国がイギリスに半植民地化されたことを知っていた。

弘化三年の八月になると朝廷は天皇の意向にしたがい幕府に対して海防の強化と対外情勢についての報告を命じた。勅諭である。

この時の老中首座は阿部正弘《あべまさひろ》である。まだ二十七歳で二年前に若くして老中になったばかりであるが将軍家慶《いえよし》の信任は篤《あつ》かった。

彼は備後福山《びんごふくやま》藩の藩主であった。前藩主の兄が病弱であり隠居したためわずか十七歳で十万石を継ぐ。若手を抜擢し、また人の意見をよく聞いたといわれる。

性格も温厚であった。前の将軍家斉時代に乱脈を極めた大奥と僧侶との関係を水面下で収めるのに活躍した。春嶽とは正室を通じて従兄弟の関係になる。

この外国船の問題は昔からある。

五十年ほど前になるがロシアの皇帝エカチェリーナ二世が北海道の根室に使節ラスクマンを派遣し通商を求めてきていた。

当時の幕府は鎖国の国是があるので長崎に行くようにと回答した。ロシアとしては自国のシベリア地方とサハリンの産物と北海道との交易を希望していたので長崎は遠すぎた。

交渉はそれきりになっていた。

八年後の文化元年（一八〇四年）にロシアは再び使節レザノフを派遣し通商を要求する。幕府は半年も待たせた上、結局拒否した。

彼らは怒った。これを打開するには武力による示威行動《じいこうどう》しかないと考えた彼らは二年後の文化三年（一八〇六年）レザノフの部下のフボストフが武装船二隻で樺太《からふと》、択捉《えとろふ》に駐在していた幕府軍を攻撃してきた。この時の行動は皇帝の知らぬままに行われたため宮廷で問題になったが日本の幕府の態度も問題とされ皇帝は不快感をいだいただけで終わった。

翌年もまた択捉に来寇《らいこう》しただけでなく利尻《りしり》、礼文《れぶん》まで攻撃し放火や略奪さらには年少の者を拉致《らち》した。圧倒的な火力で艦砲射撃まで行い幕府軍はまったく太刀打ちできず撤退した。一連の出来事は文化年間に起きたことから文化露寇《ぶんかろこう》ともフボストフ事件とも呼ばれている。幕府もこれに呼応して文化八年（一八一一年）千島列島に測量に来ていたロシア兵のゴローニンらを捕える。理由は不法侵入であった。

しかし幕府は両国が本格的な軍事衝突に発展するのは避けるべきだと考えた。

幕府はフボストフ事件がロシア皇帝の命令に基づくものではないことおよびロシアに抑留されていた日本人の高田屋嘉兵衛《たかだやかへい》やアイヌ人の引き渡しがあったことから翌年に紛争の早期終結を目指してゴローニンを解放する。

このときに両国の国境画定と国交樹立の話は出たが結論は出ていない。

この前後から米英仏の軍艦も日本との交易をめざして近海に出没している。特に琉球では英仏の圧力が強まる。薩摩藩はこれに脅威を感じる。この頃には薩摩藩が強制的に琉球を属国としてあつかっていたのでわが身に匕首《あいくち》を突き付けられたと考えたのである。しかしこれを撥《は》ねつける武力はなかった。

朝廷も幕府も外国の圧力にどのように対応するかについては右往左往するだけで明確な方針はなかった。結局従来からの鎖国を続けていくことになる。

ただ一方では貧弱な防備しか持たない幕府では単に武力で外国には太刀打ちできないことも分かっていた。

幕府の外交顧問である水戸の斉昭《なりあき》は強硬な攘夷論者《じょういろんしゃ》であることはよく知られている。しかし春嶽は「斉昭様の言われることも分かる。だが攘夷を叫ぶだけでは前に進まない。それを実行するにはその裏付けとなる軍備の近代化が不可欠だ」と考えていた。

長崎の町年寄《まちどしより》であった高島秋帆《たかしましゅうはん》は西洋式の銃や大砲の威力の優れていることを知って天保五年（一八三四年）以降私費で購入し研究を続けていた。

一八四〇年に始まったアヘン戦争で清《しん》があっけなく敗れて多くの港や都市がイギリスの植民地になったことは直ちに長崎に伝わった。翌年の天保十二年（一八四一年）になると秋帆は幕府に「天保上書《てんぽうじょうしょ》」を提出し兵器の近代化を訴えた。

その時の老中首座の水野忠邦《みずのただくに》はその内容を理解しそれを確認するため江戸の徳丸ケ原《とくまるがはら》（その後に秋帆の名前をとって高島平《たかしまだいら》と呼ばれるようになる）において演習を命ずる。

この小銃は弾と火薬は火縄銃と同じ先込め式ではあったが火縄を使わないことで天侯に左右されずまた逐一火縄に着火しなくとも速射ができることに幕閣の多くは驚いた。この時はまだ火打石式《ひうちいししき》で引き金を引くと撃鉄《げきてつ》の先についた火打石が擦《す》れて火薬に着火するというものである。この後秋帆はさらにライフル（旋条《せんじょう》）のついた雷管式《らいかんしき》の銃も試している。

春嶽は十四歳になったばかりでまだ江戸にいたが、雪江と共にこの光景を見て感動した。演習の時に身につけている衣服は和洋折衷《わようせっちゅう》のようなものであったがこれにも興味を持った。

「いまの日本でこのような武器を持つ相手に対抗できるであろうか」春嶽は傍にいた雪江に問うた。あの超大国清が敗れたのである。しかも母国からはるかに離れてやって来て食糧も弾薬の補給も十分できないイギリスにである。今更ながら西洋の武器の威力を思い知った。

いつかは我々もこのような武器を持たねばならない。槍、弓、火縄銃にしても形式や作法に重きをおくばかりで実際に役に立つような演習などしていない。剣にしても師の影を追うだけで諸国へ出かけたり他流試合をしないなど新しい技量や技術を取り込むような考えはなかった。

雪江は「洋式銃を導入するしかないと思います」と進言した。しかし問題は資金である。

五年後の弘化《こうか》三年（一八四六年）になり前年の藩の収支が好転した。ようやくわずかながら黒字になった。弘化四年（一八四七年）には雪江は天方孫八の後任として再び御側御用人となる。この年は春嶽も雪江も三度ほど福井と江戸を往復する。雪江の要望で藩内の豪商からの献金があったこととこの黒字化を機に資金ができた。藩の砲術師を江戸の高島流の許に派遣し入門させた。さらに洋式銃の鋳物師《いものし》を招いて領国の三国《みくに》に工場を作り鋳物師に学ばせ洋式の大砲の製造に着手する。藩の軍備の近代化の方策を打ち出さねばならなかった。

翌嘉永《かえい》二年（一八四九年）末までには合計二十四門を作り直ちに越前海岸の箕浦《みのうら》、大丹生《おおにゅう》、糠《ぬか》、三国などに配備する。それに必要な砲台も作った。

# 五　嘆願書

春嶽は十二月になると再度入府する。このとき御匙《おさじ》医者の半井仲庵《なからいちゅうあん》（玄冲《げんちゅう》）も主君に従って江戸に出る。御匙医者とは藩主やその家族や重役に専属する医者のことで御匙とも言う。

このとき彼は福井からの手紙を受け取った。かつて蘭方医学の勉強会で知り合った町医者の笠原《かさはら》良策《りょうさく》（後の白翁《はくおう》）からである。懐かしい半面、何事かと思い中を読むと天然痘《てんねんとう》の予防に関することであった。清国《しんこく》から天然痘の予防となり得る牛痘《ぎゅうとう》の菌を輸入したいと記されていた。

海外からこのようなものを持ち込むのは国法で禁じられていたが何とか春嶽様に取り次いでいただけないかというものである。春嶽様ならきっと取り上げてくれる。また仲庵からなら雪江殿に相談できるであろうということである。

相談を受けた雪江は仲庵にその内容を詳しく問いただした。雪江は最愛の次女の端午《たんご》を三年前に天然痘で亡くしているので個人的にも強い関心はあった。

「牛痘とは何か」

「牛が罹《かか》る天然痘のことです」

「牛も天然痘になるのか」

「なりますが人間よりはるかに症状は軽いということです」

雪江は何度も書状を読み返し、

「ここにはその菌を人間に植え付けることによって天然痘に罹らないと言うが本当に人間に問題はないのか」

「ここにある通り英国の医者が発見した方法で既に五十年ほど前に実施され今まで欧州では問題は起きていないようです。清国でも定着していますし我が国の長崎でも成功しているようです。わが国でも二十年ほど前に蝦夷地《えぞち》で実施されており成功していたようです」

「うまくいっていたのならなぜ拡がらなかったのか」

「蝦夷地での場合、施術《しじゅつ》は個人の商売として細々と進めておりその内容も門外不出としていたようです。このため彼の死とともに廃《すた》れてしまいました」

ことの真偽《しんぎ》は雪江には判断がつかない。

「笠原良策殿とはどのようなお人か」

「町医者ではありますが京都や大聖寺《だいしょうじ》の方から蘭方医学《らんぽういがく》を学んでおり家財をなげうって研究されていますます。何度も嘆願書を出されたようですが藩内の奉行所で止まっており私経由であれば雪江様から殿に取り次いでいただけると思っているようです」

雪江は仲庵の目をじっと見つめて言った。

「仲庵殿、医師の立場から見ればこれをどのように思われるか」

「良策殿は痘瘡《とうそう》の流行期に多くの死体が運ばれるのを見て永年何とかしたいと思われていたようです。そのために蘭語を学んだと言っておられました。私としても何とか彼の望みを叶えてやりたいと思っています」


毎年多くの人間が痘瘡に罹《かか》り死んでいく。死なないまでも身体中特に顔に多くの痘痕《あばた》が残り苦しんでいる。女子ならなおさらその苦しみは大きい。

次女の端午が亡くなったのは三歳であった。可愛い盛りである。残念だった。悔しかった。宝物を無くしたようだった。ほかの人間にもあのような悲しみを味合わせたくない。


雪江は夜も遅かったが春嶽に伝えた。

「こういう方法があるのにやらないということはない。阿部殿にお願いしてみよう。……しかし長崎でやった時にすべてうまくいっていないのはなぜか」

「西洋から持ってくる菌が長旅で古くなり効力が無くなっていたと言います。それゆえ清国からであればうまくいくと言っています」

「そうか。……」一息ついて言った。

「あと一つ気になることがある。この嘆願書は三回目というではないか」

「藩の奉行所に出して二年半も放置されていたようです」

春嶽にとってはそのことの方が気になった。二年半というのは永い。おそらく奉行所の役人は面倒なことはかなわぬとばかり握りつぶしたのであろう。多くの役人はまだこの程度かと思い春嶽は自分の力不足を感じた。

藩内はまだまだ変わってはいなかったのである。

翌日春嶽は老中阿部正弘にこの嘆願書に自分の添え書きをつけて届けさせた。

阿部も珍しい要望なので興味を持った。国の不幸である災害、飢饉《ききん》、病気のうち一つでもなくすることができれば言うことはない、やるべきだと考えた。この日は十二月も終わりの方であったが翌年の嘉永二年(一九四九年)の一月に着任する予定の長崎奉行を呼び出して協力するように申しつける。

その後多くの人の尽力で病苗《びょうなえ》を手に入れた良策は京で師の日野鼎哉《ひのていさい》の協力でその菌を増やした。菌の培養器も開発したがその機能は残念ながら十分に発揮できなかった。

しかたなく人に菌を植え付けてその菌が生きているあいだにそれを次々に植え続けていくというのが最適と考えられた。一刻でも早くと考えた。

このため菌が古くならないうちにと福井と京で数人の子供を雇い入れその菌を植え付けて子供及びその親とともに吹雪のなか山越えをしてまで福井に持ち込む。真冬の栃ノ木峠《とちのきとうげ》を越えるという命がけの行動である。

身の丈ほども降り積もった雪の中を山中の村である虎杖《いたどり》に辿《たど》り着く。噂を聞いた虎杖の名主らの助けを得て越前府中《えちぜんふちゅう》（現在の武生《たけふ》）を越え、ようやく福井に着く。

　この種痘法が定着するまでには古い考えを持つ漢方医の妨害や偏見もあり苦労するがやがて小さな種痘所を開設するまでになる。

　その後、京都、大坂、さらには江戸にまで拡がっていく。

　その間、雪江は種痘所の経費を負担したり小児を抱える藩士に種痘を勧めたりするだけでなく御目付役として行動派の石原甚十郎《いしはらじんじゅうろう》を配して体制の確立を図る。

　十月には種痘館も作った。しばらくして福井での痘瘡《とうそう》の患者は激減した。春嶽の時を移さぬ行動が成果を生んだ。もちろん良策の功績が最も大きかったが雪江の協力でようやく種痘が定着したのである。

# 六　外圧

さていっぽう小銃の製造は江戸藩邸内から始まり、福井へ移転したり試行錯誤するが、わずかの数しか製造できなかった。弘化《こうか》四年（一八四七年）、春嶽は佐々木権六《ささきごんろく》を正の、三岡八郎《みつおかはちろう》（後の由利《ゆり》公正《きみまさ》）を副とする製造所の設置を決め量産をめざす。

三岡は下級藩士の出身であったが家庭菜園をするなど家計を助けた。それまでの苦労で何をするにも金と人を有効に使わなければという意識の強い男であった。これまでは完成した銃の図面しかなかったものを工程ごとに細かい図面にして分業を通して工程の改善につなげる。熟練した職人でなくとも製造できるようにした結果製作費を従来の五分の一にして生産効率も格段に進歩させている。

安政五年（一八五八年）頃は黒船来航以降の国内の政治の混乱期にあり春嶽も雪江も多忙を極めていた。特に春嶽は有力諸侯の間を飛び回り雪江もその連絡役として動いていた。そのせいもあって大砲の製造は黒船の来る前に何とか間にあったが小銃の製造は大幅に遅れた。それにもめげず雪江は主君を説き伏せ藩内の志比口《しひくち》に小銃の、同じく藩内の松岡《まつおか》に火薬のそれぞれ製造所を作る。松岡の製造所では二度ほど爆発事故を起こしたりするものの明治初年頃までに七千挺《ちょう》以上を作り続ける。

嘉永六年（一八五三年）六月三日にアメリカの四隻の黒船が三浦半島の浦賀《うらが》に姿を現した。江戸中が大騒ぎになった。

彼らの狙いは巨大な市場となる中国であった。米国の西海岸から中国の各地に向かうには当時の船では航続距離が短く難しかった。

燃料もそうであるが水と食料の補給が困難で中継基地としての日本の港に目を付けた。

米国大統領の国書《こくしょ》を持ち将軍との会見を求めてきた。

老中阿部正弘はこの国書を直ちに和訳させ受理すべきかどうか有力諸侯を江戸城の広間に集めて意見を求めた。六月の六日のことである。病気であった将軍家慶《いえよし》も同席していた。当時幕府は各藩に対して命令することはあっても意見を訊くということはしたことがない。従って初めてのことである。このとき溜間詰《たまりのまづめ》の筆頭で同時に譜代大名の筆頭でもあった井伊直弼《いいなおすけ》は、開国は必要と考えるがしかし外国との条約には天皇の裁可《さいか》すなわち勅許《ちょっきょ》は不可欠であると回答している。

多くの諸侯ははっきりしたことは言わない。いや言えなかった。日頃から海外情勢を集めて分析し自らの力を分かっていないとできないことだった。わずかに薩摩藩や佐賀藩くらいしか意見を言わない。薩摩は製鉄、佐賀は洋式銃の導入を目指していたので断片的とはいえ西洋の事情に通じていた。そのほかは殆んどが攘夷あるいは鎖国を云い募《つの》るだけであった。ただ防備を備えた越前福井藩だけは同じ攘夷でもその意見に重みがあった。それを理解していた阿部正弘は幕府の外交顧問の水戸斉昭に回答を得るべく春嶽に対し助力を求める。

「越前殿は水戸様と親しい。きっと耳を傾けてくれると思います」斉昭は強硬な攘夷派ではあったが考えが変わるかと期待した。

しかしやはり彼は攘夷であった。通商を求めるペリーは武力を誇示し高飛車《たかびしゃ》な態度であったので斉昭の攘夷の姿勢をますます強めることになってしまった。が翌七日になると春嶽の説得もあって「相手が薪水《しんすい》と食糧を求めてくるだけなら応じてもよいが通商については拒否すべきである」との回答を寄せてきた。

ただ斉昭の攘夷というのは戦争をするというのではなく追い払えというだけのものであった。


春嶽は雪江から西洋との貿易をすれば現段階では彼我《ひが》の工業力の差が大きすぎ結果として大幅な金、銀の持ち出しになると聞いていたが、片やアイヌや日本人の漂流民《ひょうりゅうみん》を送り届けてくる彼らには薪水と食糧くらいは供給すべきだと考えていた。それゆえ斉昭の考えが少し軟化したので安心した。しかし相変わらず幕府内の意見はまとまらない。いつまでも相手を待たせるわけにはいかない。

調整型の政治家でもあったが阿部は意を決した。

六月の九日には国書は受け取るが通商の是非については翌年に回答すると約束をした。黒船が来てから越前藩は品川の御殿山《ごてんやま》の警備に当たりペリーが去るまで継続した。雪江は紛争は避けるべきだがいざという時のために武力は保持すべきだと考えていた。その武力も強いものでなければならない。

後に春嶽もそのように述懐している。

この六月は慌《あわ》ただしかった。将軍家慶はこの通商の問題と継嗣のことについて心配していた。また体調も崩しており老中首座の阿部正弘には「我が息子の家定《いえさだ》には将軍は務まらないだろう。いまこの激務に耐え正しい判断をするには一橋家の慶喜《よしのぶ》しかいない」そう伝えていたが阿部は同意しないばかりか幕閣の間には反対意見が多かった。嫡男《ちゃくなん》がいないのならともかく家定がいるではないかというのである。そうこうしているうちに継嗣《けいし》も決められず二十二日には家慶は死去する。ペリー来航から二十日も経っていない。

阿部正弘は七月十二日にその後のことを深く考えず京都所司代《しょしだい》に米国国書の和訳を朝廷に差し出させる。これは朝廷に十分な根回しをしていなかったので結果として軽はずみな行動になった。以後これを例として朝廷の政治干渉が始まる。下級公家であった岩倉具視《いわくらともみ》などはここぞとばかり攘夷を唱えて大きく騒ぎ立てる。しかしこれが彼が朝廷内で出世していくきっかけになる。その六日後の十八日にはロシアの使節プチャーチンが軍艦四隻を率いて長崎に来航し未解決であった国境の確定と通商を求める国書を提出する。

この双方の国書に対して関白鷹司政通《かんぱくたかつかさまさみち》は主な朝臣に意見を求める。幕府にはっきりとした方針がないのと同じく朝廷では攘夷でもなく開国でもない曖昧《あいまい》極まりない議論が続き結局結論は出なかった。幕府以上に情報が不足していた。

しかし関白鷹司はアヘン戦争での中国の敗戦とその後の経緯を知っており現状では開国はやむを得ないと考えていた。しかし多くの公家は皇国《こうこく》が穢《けが》されると考え攘夷の意見であった。

半年後の来春安政元年（一八五四年）には再びペリーが来る予定だ。雪江は春嶽を動かした。相手から軽く見られてはならない。

「防備を厳重に」「必戦の覚悟を持って待つべし」という書面を幕府に提出した。春嶽は十月になると海外情勢に明るく外国語に堪能な橋本左内《はしもとさない》を御書院番《ごしょいんばん》に抜擢した。左内を使って雪江と春嶽による一橋慶喜擁立の多数派工作を始めようというのである。

一橋家の慶喜は水戸家に生まれ後に家慶の勧めで一橋家に養子で入った。

水戸家は勉学に熱心であったが特に慶喜は英明で周囲の期待も大きかった。これがあったため家慶の推挙もあったのである。しかし遅かった。家慶の死去が先であった。

家慶の継嗣を決めていなかったため十月二十三日には嫡子である家定が新将軍となった。

在府の諸侯は江戸城の大広間に集められ家定に拝謁《はいえつ》する。

家定はこの時もまともではなかった。

その拝謁の時も四半刻すら正座ができず物を言う時には手足を震わせあるいは足を突っ張り、顔はひきつり身体を後ろに反らしながら喋る。何を言っているのか分からず居並ぶ大名は思わず顔を見合わせた。

後に「凡庸《ぼんよう》のなかでも最も下等なり」と春嶽としてはかなり辛辣《しんらつ》な評価を下している。

研究によれば彼は脳性まひだったという見方がある。

身体を動かしたり喋《しゃべ》ったりという身体的能力は劣っていたが思考力はまともであったという評価もある。

真相は不明である。しかしこの将軍の許では国論を統一し諸外国と渡り合うのは無理だと考えた春嶽は島津斉彬《しまづなりあきら》と一橋慶喜を擁立すべく秘かに相談する。

老中阿部にも伝えたが「このことは私だけに御止《おとど》めください。家定様が現に将軍としておられます。話が広がれば反対派が大騒ぎします」と慎重だった。

雪江などはいずれ海外の使節と対面するときのことを考え家定によく似た人間を探し出し替え玉として使うべきかと左内に相談しているほどである。

予想通りペリーは安政元年（一八五四年）一月十四日に再び姿を現した。

幕府にも朝廷にも開国に関する定見がない以上、これ以上回答を遅らせるべきではないと考えた阿部正弘は和親条約であれば構わないだろうと考え、三月三日には日米和親条約を締結した。その中身は、

一．下田《しもだ》と箱館《はこだて》の二港を開港し米国の領事を置く。
二．座礁または難破した船の乗組員の救助および保護はする。
三．薪水、食糧などの必要な物資の供給を認める。
四．但し貿易は認めない。

等である。

八月二十三日には日英和親条約を、オランダにも下田と箱館の二港を開港した。十二月二十一日には日露和親条約を結んだ。いずれも中身は似たようなもので通商貿易は認めていない。しかし国是である鎖国政策は事実上破綻《はたん》した。

この年の二月には雪江は春嶽を通じて対米通商を拒否するように改めて幕府に進言している。

この一年、海防を巡って様々な動きがあった。

この時期にはまだ開国を唱える人間は少なかったが商人を中心に漸増《ぜんぞう》している。貿易を通じて利を得ようとしていることだけを考えている連中である。わが国からの富の流出は考えていない。彼らから資金を得て活動する浪人もいた。攘夷を唱える人々は皇国日本の土地と文化を侵されると考えている。しかし公家を中心とする一派はただ単に外国を嫌うだけで彼我《ひが》の武力の実情を知らない。

雪江は通商は慎重であるべきと考えていた。長崎の福井藩の貿易を通じても身に染みて感じていたがこれまででも海外への貿易を通じてかなりの銀が出ていっている。今わが国には輸出できるものは生糸、茶、絹くらいしかない。反対に欲しい物は多岐にわたる。今の状況で不用意に門戸を開いてしまえば多量の金銀が流出する。これは防がねばならない。

この考え故に雪江の攘夷論があった。ただ単に外国が嫌いなだけではない。貿易の不均衡は必ず戦争につながる。春嶽も深刻に考えていた。

アヘン戦争勃発《ぼっぱつ》までは中国は広大な国土もあったせいで必要なものは国内産でほぼ賄《まかな》ってきた。欧州との交易も多少はあったが基本的には外国からは特に買わなくても国内経済はまわっていた。

しかしアヘン戦争の原因はイギリス側にあった。イギリスは中国から大量の茶を買っていたが自国には売るものがなかった。従って大幅な貿易赤字が出る。この貿易の不均衡を打破するために英国がインドからアヘンを大量に清国に持ち込んだのがきっかけとなっている。清国内にアヘン中毒患者が激増したので清は貿易船を焼き払うなどこれを強硬に取り締まったが、これを口実にされ英国との戦争となった。国内の体制の不備と軍備の貧弱さが中国の敗戦を招いた。

攘夷を進めるにも開国をするにも強力な軍備を持たねばならない。今の我が国にそれがあるか。海外の実情を知らねばならない。軍備も力関係も政治機構もすべてである。

雪江は教育のあり方も考え直さないといけないと考えた。これまでの我が国の教育は殆んど国内だけを対象にしている。これでは不十分である。

雪江は高島秋帆のことや笠原良策の努力のことを考えた。秋帆は権限を持っていたとはいえ町人である。笠原良策も町医に過ぎない。しかしそれぞれ自ら最新の海外事情を勉強している。このような人間を増やさなければならない。武士だけでなく町民も勉強できるような場所が必要である。ペリー来航で余計にその思いが募った。

主君にこの思いを伝えた。春嶽も同じようなことを考えていた。同時に伊予松山藩の定通の藩校の再編のことを思い出していた。

さっそく二人は準備を初めた。二年後の安政《あんせい》二年（一八五五年）三月には福井城内三ノ丸に藩校明《めい》道館《どうかん》を創立した。担当は鈴木主税《すずきちから》であったが残念ながら江戸藩邸で亡くなる。後任は橋本左内である。若くして大坂の適塾《てきじゆく》に学びオランダ語どころか独学で英語まで習得する。機械工学や天文・化学もでである。適塾の塾長緒方洪庵《おがたこうあん》をして天才であると言わしめた人物である。まだ二十一歳になったばかりである。

彼は外科医であった父の死後福井に戻り医師として活躍するも、まもなくその語学の才を買われ御書院番に抜擢されていた。この役職は春嶽の手足となるもので、まもなく慶喜の擁立に向けて京、福井、江戸にかけて暗躍する。その後明道館の実質上のトップになった彼は自らの経験から化学と天文の振興も主張する。安政四年（一八五七年）には明道館内に蘭学学習所を設ける。笠原良策や半井仲庵も指導者として在籍したこともある。

このときに雪江は金がなくても優秀な人材には今でいう奨学金のようなものを出している。学問だけでなく武芸に関してもである。

もちろん春嶽の許しを得てである。

左内は御書院番や明道館学監《がっかん》心得《こころえ》などの役職を通じて春嶽に西洋の事情を説明する。これを理解した春嶽は藩の主だった者に講義を受けさせる。この辺が春嶽たる所以である。

知識も自分のものだけにしない。

左内は適塾で学んだ知識の一部を春嶽に説明する。博学である。左内はこの時に優れた兵器の開発の陰には製鉄技術と機械工業が発達していたことを披歴する。この三年ほどあとには伊豆の国の韮山《にらやま》代官江川英龍《えがわひでたつ》が高島秋帆から西洋砲術を学んだあと佐賀藩から技術者を招き反射炉を築造している。大砲の材料になる鉄の量産を目指していた。

ここにも日本の現状を憂いた人物がいたのである。

春嶽は欧州でこのような多様な技術が生まれるのはなぜかということを考えた。

「やはり学問ではないでしょうか」

左内はこのように答えた。

確かに教育は重要である。イギリスには十二世紀頃より大学がある。身分制はあるものの日本に比べれば遥かに門戸は広い。しかし春嶽はそれ以上に政治の形態が違うのではないかと考えた。その仕組みを知りたい。できれば真似したい。我が国にも優れた人材は多いはずだ。

春嶽は左内からの情報と阿部正弘との交流を通じて徐々に開国へと考え方が変わる。開国もやむなしということであった。しかしそれには国内の諸制度を整備しなければならない。教育を通じて藩の大勢も変わってきた。

春嶽には座右《ざゆう》の銘として心がけてきたことがある。すなわち『自《みずか》ら反《かえ》りみて縮《なお》からずんば褐寛博《かつかんばく》と雖《いえど》も吾《われ》往《ゆ》かん』である。雖《いえど》も吾懼《われおそ》れざらんや。自ら反りみて縮かれば千万人と雖も吾往かん』である。

安政三年（一八五六年）十月には藩の方針を開国とすることを決めた。開国するには海外に領事も置かねばならない。それにはまず人材の育成である。我が藩より始めねばならない。

やがて明道館を充実させるために福井城の本丸内に移転させる。

その後変遷を重ねて現在は高校になっているが多くのすぐれた人材を越前から送り出していくことになる。

# 七　対立・分裂

すこし前の話になる。孝明天皇から海防の勅諭を受け取ったのは水野忠邦と入れ替わりに阿部正弘が老中首座になった時である。

その半年後には福井藩は兵備の近代化の方策を打ち出し西洋式の大砲を作る。単に攘夷を唱えるだけでなくその備えも整え出した。

開国を主張する大名もいる。下総佐倉《しもふささくら》藩城主の堀田正睦《ほったまさよし》は幕府の命により江戸防衛準戦時体制をとっていたが本心では疑問に感じていた。

房総沖に出没する外国の船を見ていたからである。今の日本の力で外国に立ち向かえる筈がない。一刻も早く実力を涵養すべきである。まず新しい知識の導入である。

彼は藩内では蘭学を奨励しそのための塾も作ったため蘭癖《らんへき》・外国かぶれとまで言われていた。

正睦は幕府の奏者番《そうじゃばん》を手始めに寺社奉行、西の丸老中から本丸老中へと任命された。しかし水野忠邦やその配下の陰険な鳥居耀三《とりいようぞう》などの苛烈な改革の進め方にはついていけず自ら老中を辞任した。その後佐倉藩に戻り藩の改革を進める。ここで房総沖に出没する外国船を何度か見た。外国との貿易を通じて国力を充実させるべきであるというのが彼の考えであった。勿論水戸の斉昭の意見と正反対である。

斉昭は幕閣ではないが御三家ゆえにその発言力は大きかった。阿部は攘夷派とのバランスを取るために開国派の正睦を閣内に入れたばかりか老中首座まで譲った。安政二年(一八五五年)十月に起こった安政の大地震《おおじしん》の一週間後である。

大地震では江戸中が大きな被害を受けた。

多くの大名屋敷も崩れ、かなりの死者も出た。

地震の後始末もあり多忙を極めていたし病気が少しずつ重くなってきたこともあった。

老中首座は譲ったがしかし実権は阿部が握っていた。

春嶽が福井から五月初めに入府してちょうどひと月たった安政四年(1857年)六月に阿部は急死する。

「阿部様が亡くなられました」雪江から連絡を受けた春嶽は言葉を失った。

阿部はまだ三十八歳であった。ペリー来航以来の激務と心労が命を縮めた。この一週間ほど前に春嶽は阿部と会ったばかりである。

その時には国許に蘭学学習所を作ったことや鉄砲製造工場を作ったことなどを報告した。

「なにか身体の具合が悪いようなことを言っておられませんでしたでしょうか」

「いや特にそのようなことはなかったが。ただ大地震の後始末以降よく眠れないようなことは言っていたが。……もともと小太りであったので長時間正座するのは苦痛だとこぼしてはいたが、まさか」
こんなに早く亡くなるとは思わなかった。

意見の相違もあったが春嶽にとっては今や相談をする相手として老中阿部は必要であった。阿部にとっても春嶽は頼りになる存在であった。春嶽は臆《おく》せずものを言ったが阿部は己《おのれ》の方針を明確にせず調整型の政治を貫いた。幕府の老中首座や大老ともなると今でいう総理大臣みたいなもので強権を貫くことはできないことではなかった。彼がもし攘夷を鮮明にしていれば戦争になってあっという間に国内は征服されて清のように蚕食《さんしょく》されていたかもしれない。

その隙にロシアには蝦夷地を喰い荒らされ琉球は英仏のどちらかに占領されたかもしれない。オランダやアメリカからは今にアヘン戦争後の清のようになるぞと忠告されていた。しかしもし開国の方針であれば京の公家どもを説き伏せなければならないし、いずれ欧米の強大な軍事力を背景にした外交では日本の経済はかき乱され不利な条件で貿易をしていくことになるだろう。これもまた容認できることではない。

その結果調整型の政治を行うしかできなかったのかもしれない。

結果として国論を二分していくことになる。しかもそれは長く尾を引き徳川幕府の崩壊そして明治維新に繋がっていく。

春嶽は雪江の勧めもあり水戸藩の家老安島彌治郎《あじまやじろう》(のちの帯刀《たてわき》)と阿部亡き後の善後策を協議する。

いよいよ一橋慶喜を擁立すべきということについてであった。八月十七日のことである。

「殿。この機に乗じて南紀派《なんきは》は動くでしょうか」雪江は深刻な表情で尋ねた。

南紀派とは紀州の慶福《よしとみ》を推す井伊直弼や松平忠固《ただかた》をさす。

「阿部殿は慶喜様を将軍に推すのは理解していただいていたが」春嶽は残念そうに言った。

「阿部殿亡き後、堀田殿がどのように動くのかまだ今の段階では分からない」

「堀田殿はもともと開国派なので斉昭様と意見が合わないと思います」

「堀田殿は条約を結ぶ上で勅許が不可欠であるという意見でありこれは問題ないが、将軍継嗣についてはどうかな。斉昭様嫌いが昂《こう》じて慶喜様も嫌いになっただけのようだが」

「今もでしょうか」

「今は老中首座だ。軽々《けいけい》に南紀派にはならないと思うが」続けて、

「雪江。御苦労だがもう一度水戸藩の安島殿に会って慶喜様がどのような御考えか確かめてくれぬか」春嶽が直接一橋家に行けばよいのだが南紀派の目もあり間接的な方法を選んだ。

雪江はさっそく水戸藩邸に出向き安島と会った。彼から聞くところでは慶喜はそれほど積極的ではないということだった。慶福派と慶喜派が争っているような状況では将軍にはなりたくないということである。

信濃上田藩《しなのうえだはん》藩主の松平忠固《ただかた》は一度目の老中であった時には水戸斉昭みたいにやみくもに攘夷を主張する人物を幕府の海防参与にしたのは混乱を招くだけだとして反対していたし、朝廷に勅許を要求す

る必要もないという意見であった。下手に相手を追っ払ったりすればそれを口実に戦争になるかもしれない。清国のように国土を削り取られるだけだ。文化年間にはフボストフ事件もあったではないか。それを分かって攘夷と言っているのかと主張した。バリバリの開国派で論客《ろんきゃく》でもあった。

このときには当然斉昭は強烈に反発してきた。それだけではなく海防掛《かいぼうがかり》を辞めるとまで言いだした。これも混乱を招きかねないので阿部は譲歩してしまい通商条約の締結はしないと約束したうえでさらに忠固を解任して帝鑑間詰《ていかんのまづめ》に落としてしまう。帝鑑間詰とは大廊下上《おおろうかかみ》の間《ま》、大廊下下《おおろうかしも》の間《ま》、大広間、溜間《たまりのま》に続く五番目の格式の大名の控室である。忠固はせめて溜間詰と思っていたのでこれは屈辱であった。

八年前の話である。これ以後なにをするにも少しずつ策を弄するようになる。持論をそのまま述べるのではなく脚色して言うようになっていく。

阿部の死後三か月ほどたった九月に老中首座であった堀田正睦はその忠固を老中に再任した。春嶽は驚いた。幕閣内の空気が一変するのではないかと危惧した。すでに越前福井藩は開国に進路を変更していたし幕閣の多くも開国派であったので攘夷か開国かということはこの時には問題にならなかったが将軍継嗣については慶喜を押す春嶽、斉昭らと血統を重視して慶福を推す井伊直弼、忠固らとが対立していた。

忠固も斉昭嫌いが昂じてその実子である慶喜の次期将軍擁立運動にも大反対であった。

井伊と忠固らは紀州徳川の慶福を血統からいっても最も直系に近く将軍にふさわしいという意見である。片や慶喜なら何代も前にさかのぼらねば先祖の吉宗に行き当たらない。

それにもまして心理的に彼等は斉昭が嫌いであった。

斉昭は大奥の浪費を責めたりする一方で自身は側室を多く持ちながら大奥出身のお清《きよ》（生涯結婚しない）という女性に手を出したりして大奥の女性からも蛇蝎《だかつ》の如く嫌われていた。

要するに下半身に締まりがなかったのである。慶喜はその実子である。父親ゆえに嫌われた。

雪江は春嶽に言う。

「忠固殿は開国派の筆頭です。我が藩はすでに開国に舵を切っていますのでこれは問題ないとしてもあの方も慶喜様が嫌いのようです。これは安島殿より聞いています」

「しかし根っからの慶喜様嫌いではなく斉昭様憎しということではないのか。もっともあの御仁《ごじん》は最近中々腹の中を見せないようだが」

「さっそく上田藩の者に探りを入れてみます」

十月の終わりまでに雪江は上田藩、水戸藩の者と会い今後は密接に情報を交換するという約束をする。さらには十一月の末には忠固までを加えて意見交換の場を持った。場所は福井藩の上屋敷である。

「このたびは御老中御就任おめでとうございます」

自己紹介の後はまずは型どおりの挨拶である。

「うむ。その方どもには世話になるかもしれぬ」

忠固は慶喜派の水戸藩と福井藩の者を見て「家定様継嗣の話でござろうか」といきなり切り出した。

雪江はすかさず、

「さようでございます。今の上様を見ているとかなり病状が悪化しておられるようです。前の将軍の家慶様が亡くなられた時は家定様がおられましたが今の上様には嫡子もおられません。万が一のことがあれば大変です」

「それで慶喜様を推挙しておられるわけか」

「さようでございます。今の時期天下をまとめていくには人物といい経験といい彼《か》の人を除いては考えられません。畏《おそ》れながら紀州の慶福様は若すぎます」

たしかにこのときはまだ十一歳になったばかりであった。

「待たれよ。上様を補佐するために我々がいる。我々では力不足というのか」

「とんでもございませぬ。しかし幕閣が混乱した時に断を下すことができる上様が必要です。進むべき道を示せるような御方が必要です」

「まずは上様（家定）の台慮《たいりょ》（将軍の考え）が必要だ。我々幕閣はそれによって動く。しかし台慮を要求するわけにもいかぬ」

「いえ、台慮を得る前に亡くなられれば混乱します。それに対する備えは必要と思います」

家定は今の状況を見る限りいつ突如として亡くなるかもしれない。福井藩の斉善のこともある。

「幕閣は私だけではない。老中には首座の堀田様をはじめ脇坂《わきさか》殿、内藤《ないとう》殿、久世《くぜ》殿もおられる。溜間筆頭の井伊殿もいる。彼らをすべて翻意《ほんい》させられるとお思いか」

「なかでも忠固様の意見は大きゅうございます」

雪江としては最大限御世辞を使ったつもりである。忠固は、まんざらでも無く、

「しかしなかなか難しいぞ。いろんな手を使わないと」とにやりとして思わせぶりなことを言った。

忠固は安島や雪江がそれぞれ斉昭や春嶽の意向で動いているのを知っているのでぞんざいな対応はしない。しかしこの日はそれ以上の突っ込んだ話はせずに終わった。

雪江は直ちに春嶽にこの打ち合わせについて報告した。

「忠固殿は慶喜様擁立についていて頭からけしからんというわけではなかったのだな」

「忠固様はいまのところ中立のようです。こちら側の出方によっては考えてもよいという態度でした」

「そのように見せかけているだけではないのか」さらにひとり言のように、

「金で動くかな」とつぶやいた。

雪江もそのように考えていた。

「それも一つの方法かと思います」

「斉昭様は御三家のひとつだ。あそこは面子《めんつ》にかけても賄賂《わいろ》を贈るようなことはしないが我が藩なら金を使うことはできる。ひとつその方法を考えてほしい」


雪江は上田藩の御用人に接触し内情を探った。

どの藩でもそうだったがやはり勝手事情は悪かった。藩主が国許を顧《かえり》みず江戸での政治活動を重視していることもあり財政は火の車であった。雪江は慶喜様擁立のために動いていただけるなら福井藩は運動費として何らかの手助けはしたいと伝えた。上田藩の御用人は「有難い。さっそく忠固様に伝えます」と応《こた》えた。

上田藩の財政にどれくらい役に立つのかは分からなかったが雪江は十二月の二十四日に忠固へ五千

両を用立てた。ただこの五千両については五百両であるという資料もありどちらが正しいか分からない。五百両というのは庶民としては大金であるが老中を買収するには少し少ないような気もする。

しかし井伊直弼も同じように賄賂を贈っていた。雪江はそれを知らなかった。


この家定の跡目《あとめ》を巡っての争いは単に慶喜と慶福の競争ではない。慶福を推す直弼は譜代大名の筆頭である。幕閣は譜代大名の指定席である。御三家と御三卿及び親藩は就任できないという不文律がある。ここで春嶽などの親藩が出てきて権力を振るえば譜代大名の権限が脅《おびや》かされると考えていた。いわば譜代大名と親藩との権力争いでもあった。

しかし春嶽はそんなことはつゆほども考えていない。ただただ日本の国の安寧《あんねい》を願って優れたリーダーを選びたかっただけである。


年が明けて安政五年（1858年）の一月十日になった。

年末に土佐藩主の山内豊信《やまうちとよしげ》（後の容堂《ようどう》）は老中首座の堀田正睦と会見している。彼は幕末四賢侯《ばくまつしけんこう》の一人とされているが朝廷と幕府の間を行ったり来たりした。春嶽はその内容を知りたかった。

主命を受けて雪江は土佐藩邸を訪れ会見内容を確認した。豊信は、

「御推察の通り家定様の跡継ぎのことである。春嶽殿が慶喜様を強く推しておられているのは知っている。私もそうであったが最近はどちらかというと紀州の慶福様の方でも良いと考えるようになった。慶喜様はたしかに有能であるかもしれないが問題は斉昭様だ。慶喜様が将軍になられれば父親と

して出てこられ今開国に傾きつつある我が国の外交方針に横やりを入れて再び鎖国に戻ってしまうかもしれない。私は開国派だ。従ってこれは認めるわけにはいかない。

しかし慶喜様が絶対に駄目だということでもない。堀田様とはこういった話をした。堀田様も理解を示された」


雪江は今更ながら強硬な攘夷派である斉昭の存在が慶喜擁立の妨げになっていると思った。春嶽もその報告を受けて慶喜擁立が厳しいことを感じる。こうなれば主だった幕臣や場合によっては朝廷に近い人間にも働き掛ける必要があるとして雪江をまず幕臣の土岐丹波守頼旨《ときたんばのかみよりよし》に近づけさせた。

彼は勘定奉行を経て下田奉行、浦賀奉行のあと大目付になり昨年の十一月には川路聖謨《かわじとしあきら》とともにアメリカの総領事と日米修好通商条約について交渉していた。

このときに彼は条約の細部で明確な方針を示してくれない将軍家定について困り果てていた。次期将軍はしっかりした人物が出てほしいと切望していた。

一月の末から五月まで春嶽と幾度か顔をあわせていたが慶喜擁立については異論はなかった。春嶽は慶喜継嗣について台慮を得るべく働きかけてほしいと依頼する。土岐頼旨は快諾した。後日慶福派の井伊直弼や松平忠固を追い出す計画までたてている。

彼は条約交渉の補佐役である岩瀬忠震《いわせただなり》（幕末三俊《さんしゅん》の一人）とともに「日本政府は幸せである。彼らのような優秀な家臣がいるとは」とのちにハリスは述懐したと言われているほどの人物であった。

しかし直弼が大老になった直後の安政五年（一八五八年）五月には大目付を突如解任されている。

「いよいよ勅許を得るために参内《さんだい》するようです」老中首座の堀田正睦が京に向かうことになった情報を得た雪江は春嶽は勿論山内容堂にも連絡した。

春嶽は国許にいた左内に条約の勅許や将軍世嗣についての京の情勢をさぐるべく上京を命ずる。同時に雪江は田安家を通じて慶喜を擁立するよう依頼する。

堀田正睦は朝廷に参内するべく京に向かった。二月五日には京の本能寺を宿と定めここを作戦本部とする。朝廷の伝奏《でんそう》、議奏《ぎそう》はここに出向き条約の中身の説明を受けた。この頃はまだ幕府側の立場が強く朝廷側を呼びつけたのである。

太閤鷹司政通《たいこうたかつかさまさみち》は幕府の考え方を理解していたが多くの公家は条約勅許には反対であった。

堀田は反対派のトップである関白九条尚忠《くじょうひさただ》を買収した。早く許可の勅許をもらいたいと要求した。この動きはすぐに知れ渡った。

条約の件は幕府に任せるとした幕府への勅許案にこれまで反対であった関白の変節に気付き天皇は議奏の一人を動かして条約反対に戻すよう指示した。

その中でも岩倉具視《いわくらともみ》や大原重徳《おおはらしげとみ》は最も強硬に関白九条に迫った。橋本左内も暗躍したが逆に太閤鷹司を勅許反対派に向かわせることになった。

春嶽も雪江も焦っていた。今この時期に家定に何かがあれば国内はさらに混乱する。二人は家定の病状が悪化していることを聞いていた。

三月初めの勅許が出る前であったが左内よりその頃の京の情勢についての詳しい連絡があった。

「勅許はかなり難しいようです。若手公家の多くが反対しており堀田様は待たされているようです」

雪江は左内からの報告を要約して春嶽に伝えた。左内からは勅許を得るための周旋《しゅうせん》運動費として百両の金を要求してきた。雪江は左内からの情報を前勘定奉行《さきのかんじょうぶぎょう》であった幕臣の水野筑後守忠徳《みずのちくごのかみただのり》に秘かに開陳《かいちん》する。今は田安家の家老を務めている。

三月の十一日のことである。余談になるが後に雪江の著書である昨夢紀事《さくむきじ》には水野と対面した時のことが書いてある。左内の運動費の百両の金の話が出たときに水野は自分の過去を話しだす。

「いや自分は貧乏な旗本だったので毎日傘張りや提灯張りをしてせっせと金を貯めようとしていたのだよ」

「生活のためですか」

「もちろんそれもあったが小さな額だが賄賂《わいろ》に使ったんだ。いつか役に立つだろうと思って続けたよ。こんな金だが小役人《こやくにん》には効いたねえ。二年ほど経つと町奉行所の祐筆《ゆうひつ》の仕事が回ってきた」

「どれくらい続けられたのですか」

「一年ぐらいかな。百日休めば退職せんといかんが九十日休んであとの十日だけ出仕するんだ。休んでいる間も傘張りだ。これを何度か繰り返してな」

給料だけはせっせと貯め込むということもやったというのである。明々白々《めいめいはくはく》な給料泥棒である。雪江は呆《あき》れた。それを話しているあいだも悪びれる様子はなくあっけらかんとしていた。

「御とがめはなかったのですか」

「それは最初は変なヤツと思われたがそのうち周囲は諦《あきら》めたよ」

雪江はよくそんなことをやるなあと半ばあきれた。

「我が家は三河以来の旗本だ。何かの御役に立ちたいというその一心だけだった。その間に貯めた金でまたまた賄賂を使って少しずつ上に上《のぼ》ってきただけだ」

本人は悪いと思っていない。

そんな一面もあるが、開国に関しては断固反対を貫きとおす頑固者だった。

一時長崎奉行もやったことがあるがその時に夥《おびただ》しい銀が海外に出ていくのを見ていて何とかしなければと考えたというのである。これは雪江と同じ考えであった。この頑固さゆえに小笠原奉行に左遷されたが江戸にじっとしているのではなく小笠原島まで出ていって日本の国土であると宣言してしまうようなところがあった。禄高は少なかったが真に日本の国益を憂いていた気骨のある人物であった。

開国については今も反対ではあるが慶喜擁立についてはぜひ協力したいと申し出てきた。入京している左内からの連絡によれば十二日には中山忠能《なかやまただやす》や岩倉具視を中心として若手の公家たちが座り込みまでして条約勅許不可を求めていた。

左内は越前《えちぜん》三国《みくに》の豪商出身で太閤《たいこう》鷹司政通（この頃には関白から昇進していた）の侍講《じこう》となって漢学を教えていた三国《みくに》幽眠《ゆうみん》（大学《だいがく》）という学者にも近づく。

鷹司は初めは朝廷内ではめずらしく開国派であったが若手公家の反対にあってこの頃には攘夷に傾いていた。しかし将軍の継嗣については鷹司の義兄が斉昭であることから慶喜が次期将軍になることに特に反対ではなかった。

幽眠は太閤鷹司に働きかけたらどうかと提案してきた。朝廷のナンバーツーであれば孝明天皇も許可の勅旨を出すかもしれない。左内は雪江を通じて春嶽から幽眠に対して慶喜推挙の直書《じきしょ》を書くように求めてきた。それに応じると幽眠からは承諾したとの回答が届いた。

しかし江戸と京の間の連絡に時間をとられて公家達に十分根回しする時間がなかった。

それだけではなく井伊直弼の股肱《ここう》の臣《しん》である長野主膳《ながのしゅぜん》がすでに公家の間で暗躍していた。彼は国学者として朝廷内に人気があった。主膳も左内も朝廷を開国派に変えようとしていたのは同じであったが将軍継嗣については主膳が慶福《よしとみ》を推そうとしているのに対し左内が慶喜を推すというところが違っていた。

将軍継嗣については左内の努力により前関白の意を受けた左大臣、内大臣らは「賢明」「年長」「人望」と慶喜を暗に意味する文字を入れるように草案を作成していたが長野主膳の働きかけにより関白九条尚忠は勝手にその文字を削除した。

結局二十二日には将軍継嗣について「幕府内で決めるべし」という意味の勅旨が示された。これでは慶喜擁立には何の役にも立たない。当時京にいた堀田正睦はなおも交渉を続けて「年長」であれば望ましいという付札《つけふだ》を追加させることにしたが効力は限られていた。

孝明天皇は将軍継嗣については幕府というより徳川家という一氏族内の問題であると認識されていた。その中に介入するのは政治的混乱を引き起こすだけだという考えであったと言われている。歴史的にみてもかつての南北朝の争いや源平の争いなど朝廷が関与したために武家社会が混乱したことがある。従って今回は賢明な選択をしたのである。

しかしそのすぐ後の二十四日には「通商条約調印不可」の勅旨がでた。条約を結べば国威が損なわれると書いてある。堀田は関白にアメリカとの戦争に発展するかもしれないと迫ったがかなわなかった。

堀田は江戸に戻るしかなかった。

左内から京情勢についての二十四日付けの報告書が江戸にいる雪江の許に届いたのは四月三日である。攘夷派の公家衆を開国派に転向させるための工作は間に合わなかった。

雪江は春嶽に対し慶喜擁立は容易ならざることを伝えるしかなかった。翌日には勘定奉行の永井尚《ながいなお》志《ゆき》にも左内と幽眠の京情勢の報告について知らせた。

四月二十一日には江戸の春嶽邸において山内容堂、伊達宗城とで条約締結および将軍継嗣について改めて打ち合わせをした。

島津斉彬にも相談したかったがあいにくと薩摩に帰っていた。

同じ日に条約締結の勅許取得に失敗して江戸に戻った堀田正睦は将軍家定に対し、経緯を報告した後この際松平春嶽を大老にして乗り切るしかないと訴える。

しかし家定は家柄も人物からも大老には井伊直弼しかいないと断言したと伝えられている。

この頃には家定は殆んど廃人に近く果してそのように言ったのかどうかは分からない。おそらく周囲からそのように吹きこまれていたのであろう。

その言葉どおり二日後の二十三日には井伊直弼が大老になった。

幕府には不文律があった。先述したように親藩や外様の藩主は幕閣には就任しないというかできなかった。幕閣に就くのはさほど大きくない譜代の藩の藩主か旗本である。徳川家に立ち向かうだけの力のない藩の藩主しかなれない。大藩が幕閣になればさらに力をつけるかもしれない。それを恐れたのである。したがって春嶽はこの慣例により大老にはなれない。

直弼は大奥の女たちの支持を取り付けていた。斉昭を生理的に嫌悪《けんお》していた女たちは政治の中枢に関与してきている。これは問題であった。日本をどのようにするかということではなく単に好きか嫌いかだけで判断していた。特に家定の乳母《めのと》であった歌橋《うたはし》という老女は隠然たる勢力をもっているため直弼は彼女に賄賂を贈り近づいた。

家定はこの歌橋だけには心を開いてよく言うことを聞いていた。直弼は歌橋から将軍継嗣について慶福を推薦するように言わせようとした。搦《から》め手《て》から攻めたのである。

これとは別に松平忠固も直弼を大老にするべく既に三月頃から工作を行っていた。ここで溜間詰めの直弼をいきなり大老にすれば恩を売ることになる。以後は忠固の意のままに動かせると踏んだのである。直弼を大老にすれば次期将軍も慶福になるのは確実である。この見方はある程度までは当たっていた。

直弼も大老になった直後は穏当《おんとう》な対応をしていた。

忠固は春嶽から五千両を受け取りながらも裏切ったのである。

もっとも彼にすれば井伊直弼からも受け取っていたのでさほど罪悪感はなかった。しかし忠固の思いどおりにはならなかった。直弼は一枚上手だった。

彼は大老になった頃から権勢を振るおうとしている忠固をみて警戒していた。大奥の老女からの支持も取り付けていたので忠固の恩義は全く感じていなかったし、そんなものは不要だった。歌橋の助力もあり家定の信用もあった。

当初おとなしくしていた直弼だったが徐々に本性を現す。

いつの世も政治の世界は権謀術数《けんぼうじゅつすう》である。

井伊直弼が大老になった三日後、雪江は大目付になっていた土岐丹波守に将軍継嗣についての意見をあらためて求めた。彼の慶喜推挙の方針は変わらなかった。

むしろより強い考えを持っていた。続いて伊達宗城《だてそうじょう》が井伊と対談していたのを知っていたので彼にも対談内容を確認した。宗城もまた四賢侯の一人と称されていた。宗城は慶喜を、井伊は慶福を推したがそれには台慮が必要だと言ったそうである。直弼は歌橋に働きかけてすでに家定の反応を確認していたのでこのように言ったのかもしれない。

雪江は四月の終わりにかけて多くの幕僚に会い幕府の内情を探る。連日江戸城内を駆け巡った。五月四日には勘定奉行の永井尚志に呼び出され慶喜擁立の方策を打ち合わせる。尚志は一橋派である。

雪江は多くの幕僚に近海の防備について意見を求めるという名目で会ったが中身は春嶽の活動を援助してほしいと求めるだけであった。

五月十一日も水野筑後守を訪ね慶喜擁立に関して考えに変化はないかを再確認している。この直後大老井伊直弼、老中堀田正睦と伊達宗城が会談している。

さっそく雪江は崇城の許に使いを出しその会談内容を聞き出している。相変わらず両者の意見は平行線であった。五月十四日のことである。もちろんこれらの情報は逐一春嶽に伝えて次なる行動の指示を仰いでいる。しかもこれらのことを漏らさず日記に認めていた。

十二日には大老井伊、老中首座堀田正睦と伊達崇城が打ち合わせをしていたので雪江は崇城に使いを出してその対談内容を確かめた。堀田と伊達が慶喜を、井伊が慶福を推す情勢に変わりはなかった。井伊は家定が慶福を指名するのを確信していた節があると伊達は伝えた。井伊が老女歌橋からの反応を確かめてのことであろう。十四日のことである。

春嶽は斉昭との会談を希望したが二十一日になると水戸藩の家老安島は見合わせた方が良いと連絡してきた。これは条約締結には勅許が必要であることおよび慶喜擁立については春嶽と斉昭には差異はないが斉昭はいまだ攘夷を唱えている。春嶽はすでに開国に転じている。両者の差が拡大すると一橋派が分裂しかねないと危惧したためである。このため翌日の二十二日には春嶽は井伊を幕閣から除外することを提案し密書の形で斉昭に届けた。ただし具体策はない。

同じ日に一橋家の家臣平岡円四郎《ひらおかえんしろう》は雪江を訪ねてきて忠告した。

「松平忠固殿が堀田殿を追い出すことを考えているようです」

「なぜですか。堀田様は忠固殿を老中にしたお方ではありませんか」

「堀田殿が一橋派に寝返ったためでしょう。堀田様がいなくなれば井伊殿と二人で幕政を牛耳ることができると思っているようです。家定様の後継を早く決めたいという思いが強いようです」

雪江は春嶽が言っていた松平忠固の二面性を思い出した。

「上様はかなり悪いのでは」

「恐らくそうでしょう。それを知ってのことと思います」

さらに六月十七日にも雪江を訪ねてきて水戸藩の過激派が井伊直弼を除く密議をしていると忠告した。平岡は時勢がせまっていることから春嶽に動いてほしいようだったが雪江も春嶽もどうしようもなかった。

# 八　日米修好通商条約

六月十九日の午前中に開かれた閣議では大老井伊は交渉担当の下田奉行の井上清直《いのうえきよなお》と目付の岩瀬忠震《いわせただなり》を呼びつけて「あくまでも勅許を得ることを優先する。勅許を得るまではできるだけ調印を引き延ばすように努力せよ」と申し渡した。

ただしその席で老中松平忠固は「公家どもの長談義に付き合っていては時機を逸する。米国のハリスもアヘン戦争、アロー号事件も終わった今、イギリスの次の狙いは日本だと言ってきている。アメリカならまだ英仏よりも友好的である。今のうちに米国と条約を結ぶ方がよい」と声高に主張した。井上、岩瀬も同じ考えであったので「どうしてもやむをえない場合は調印してもよいか」と迫った。井伊は忠固の意見を押さえつけることはせず「その時は仕方がない」と答えてしまった。

忠固と井上、岩瀬はこのことを予め《あらかじ》打ち合わせしていたようである。このときにはアメリカの使節は来ていたし、これ以上待たせるわけにはいかないという事情もあった。

井伊のその回答を調印可と理解してその日の午後神奈川沖に停泊している米国軍艦上で日米修好通

商条約に調印してしまう。その日の夕刻には江戸城中に伝わり三日遅れて朝廷にも伝わる。

慶喜も孝明天皇も勿論激怒した。孝明天皇に至っては退位するとまで言いだした。慌てた側近は大老、老中を参内させて説明させますからと言ってその場は切り抜けた。天皇が外国嫌いであったのは「外国は初めはおとなしくしているがそのうち牙をむき侵略してくるのは歴史上枚挙にいとまがない」ということを頭に植え付けられていたこともある。また自分の代で開国したということになれば歴代の朝廷の主張をひっくり返したことにもなり末代《まつだい》まで禍根《かこん》を残すと考えていたようである。攘夷に関しては頑迷《がんめい》なまで持論を通された。幕府は六月末には朝廷への弁明のため老中の間部《まなべ》詮勝《あきかつ》を京に向かわせることにした。

松平忠固と堀田正睦は四日後の六月二十三日に罷免された。これは表向きは井伊直弼の意向を無視したということであったが直弼は事情を理解していた。何もしなければ直弼の指示でやったということになる。罷免することにより勅許なしの調印の責任を彼らに取らせたのが実情である。しかし井伊大老の許での調印であったことは間違いない。いまさら知らなかったとは言えない。

同じ日の二十三日には水戸藩の者から雪江に「斉昭様が登城して井伊様を詰問《きつもん》するといわれています」と伝えてきた。あの斉昭様が行けばこれは大変なことになると思った春嶽は「私も行く。用意をしてほしい」と雪江に告げた。それと入れ替わりに斉昭からも春嶽も来るようにとの連絡をしてきた。春嶽はその使者に「まず直弼に参りて後に」と答えて直弼邸に急いだ。

出てきた直弼に対して春嶽は「井伊殿は以前から勅許は必要であると言っておられたではないか」と詰め寄った。直弼が何らかの言い訳めいた説明をするのかと思っていたが案に相違して居丈高に「それに何の問題があるのか。既に上様の了解も頂いておる」と応じた。すかさず春嶽は「国と国の条約には主権者たる天皇陛下の裁可が不可欠であります。国内の政事《まつりごと》は幕府に一任されていますが外交にまで委任されているわけではありませぬ。勅許なしに条約を結ぶのは重大な越権行為《えっけんこうい》です。無効です」とまで言った。直弼は「開国には反対なのか。越前福井藩は開国に賛成になったのではなかったのか」と言った。

「たしかに開国になってはいますが問題は勅許を得ていないことであります」

直弼はただ頑迷に攘夷を主張する斉昭に対しては内心「この老いぼれが」と思っていたが、春嶽についてはは今後は問題になる存在であると感じていた。後ろについている中根雪江や左内を警戒していた。もし慶喜が次期将軍になれば斉昭も問題だがこの春嶽が老中もしくは大老になり前任者の自分に処罰を与えるかもしれない。これを恐れた。そのためにも慶福を是非にでも家定の継嗣にしておく必要がある。これは急がねばならない。また政敵になり得る春嶽を排除する方策を考えておかねばならない。

これまでは開国か攘夷かが論争の主題であったが現在は将軍家定の継嗣を誰にするかが課題である。

将軍継嗣については直弼の方から発言した。

「そのほうたちが一橋侯を担ぎ出そうとしていることは知っている。その理由は何か」

春嶽は答える。

「賢明、年長および人望が御有りです。おそれながら慶福様は若すぎます」

「それだけか」

「幕府内が混乱した時に的確な判断ができないかもしれません」

「そのために幕閣が控えておる。慶喜様は年が上だけではないのか」

松平忠固と同じことを言った。

「幕閣の意のままに操《あやつ》られるかもしれません」

「我々が政事《まつりごと》を私《わたくし》するというのか」


直弼はだんだん腹が立ってきた。ここまで歯に衣《きぬ》を着せずにものを言う男はやはり危険である。直弼は徳川家のために良かれと思って配慮しているのにと自負している。春嶽はある程度それは分かっていたがどことなく信用できないところがあった。

「登城しなければならない時刻である」

と言って出ていこうとする直弼の袴《はかま》の裾《すそ》を捕まえて春嶽は「まだ話は終わっておりませぬ。この件は重大です。私も登城します」と引き留めた。それを振り切った直弼は「好きにせよ」そう言いながらも今後の対応を考えていた。


一方斉昭は午前八時頃には登城していた。この日は登城の定式日ではない。直弼に面会を求めると所用ありと告げられて一刻半近く大廊下上間に待たされた。斉昭は論争になるのは分かっていたので春嶽と同席したいと言ったが大名の格式をタテにそれは許さず春嶽を次の大廊下下間に控えさせることにした。

「何の用でありますか」直弼は分かってはいたがそのように言った。斉昭は「通商条約の締結はけしからん。朝廷の勅許も得ていないのに勝手にやるとは幕府の権限を超えたものであり重大な問題だ」といきなり中心議題に入った。

さらに斉昭は「和親条約は止むを得んとしても通商条約を軽々に結ぶのは反対である。清国のようにアヘンを持ち込まれて国を喰い荒されるだけだ。いやアヘンだけとは限らない。貿易とともに外国の思想、宗教あるいは習慣が拡がりはじめ我が国の文化、経済が滅茶苦茶になる」

直弼はそれを片手で制して、

「あのフボストフ事件を思い出しても見られよ。相手を待たせすぎて結局は武力に訴えられたではありませんか。攘夷、攘夷と言われるが本当に戦争になった時に勝てると思っておられるのか。その時の責任はだれがとるのですか」

また続けて「勅許、勅許と言われるがはたして勅許は得られると思っておられるのですか。あのような子供並みの知識しか持たぬ公家どもを説得するのにどれくらいの時間がかかると思っておられるのですか。現に今、条約調印はならぬということになっています。条約交渉の相手は何時までも待ってはくれませんぞ」と突き放した。

調印したのは井上と岩瀬であったが彼らのせいだけにすると直弼は自分の統卒力がないことになる

のでそうは言えなかった。すでに彼らの上司である忠固と正睦は本日の午前に罷免している。

斉昭にしてももはや開国は避けられないと考えていたし、たしかに直弼の言うことも一理ある。

後日斉昭は春嶽に対して「昨今の事情を顧《かえり》みるともはや開国は避けられぬ。そうだとしても開国した場合外国の人間と問題なくやっていけるのか。日本人が異国人に蹂躙《じゅうりん》されたり逆に彼らに危害を加えたりしないのか。国内の情勢はまだ整っておらぬ。しかしながら私は攘夷派の筆頭と見られている。それを今更変更するのもあまり意味がないとも考えている」と伝えている。


直弼はまだ考えていた。春嶽をこのまま放置すれば何をやりだすか分からない。

既に京から帰っていた臣下の長野主膳に相談する。主膳は強硬な意見を述べた。

それを受けて直弼の対応は素早く、老女歌橋を動かした。

翌日の六月二十五日には在府の諸大名を大広間に集めて家定が将軍後継を慶福にすると宣言した。


七月五日には不時登城《ふじとじょう》の罪で春嶽に処分が下されるという内報が入った。

その日のうちに使者の三名が春嶽邸にきて過日の不時登城について台慮（将軍の考え）であるとして隠居急度慎《いんきょきっとつつしみ》を命じられた。本当に台慮であったかどうか分からない。亡くなる一日前でありまともな判断を下せる状況ではなかったはずである。春嶽のあとは糸魚川《いといがわ》藩主の茂昭《もちあき》が決まっていた。

雪江は直ちに左内に知らせる。

二人は主君に殉じて切腹を決意する。この噂を聞いた春嶽は直ちに使いを出して「我を一人残して死ぬつもりか」と思いとどまるように諭《さと》す。

彼らのような優秀な人材を時代遅れの殉死《じゅんし》などで死なせるわけにはいかない。

二人は極秘に霊岸島《れいがんしま》の夜の春嶽邸を訪れた。

春嶽はこれまでの二人の活躍に深く感謝の意を述べ形見として愛用の硯《すずり》や筆などを与えた。雪江は主君の思いにそえなかったことを詫びた。涙が出た。

思えばこの二十年間は春嶽とともにあった。二人はともに藩ではなく日本という国を意識して行動した。

翌七月六日には家定が亡くなった。既に慶福が後継に指名されていたのでなんらの混乱はなかった。

七月十六日には薩摩藩の島津斉彬《なりあきら》が亡くなった。この直前まで条約を巡る幕府の姿勢と直弼の強権的な進め方に抗議するため軍を率いて江戸に向かうことを計画していたともいわれる。勿論この動きは中止となった。

後年春嶽はこの斉彬を評して「私も含めて四賢侯《しけんこう》と呼ばれているが斉彬殿は飛びぬけての逸材であったよ。私などはとても足下《あしもと》にも及ばない」とまで言っている。

しばらくして朝廷はとんでもない紛争の種を蒔いてくれた。

安政五年（一八五八年）八月八日に孝明天皇が水戸藩に勅書を下賜したのである。その内容は、

一．勅許なく通商条約を調印したことへの謝罪と説明をせよ。
二．公武合体を進め幕府は攘夷を遂行せよ。
三．右のことを諸藩に通達せよ。

というものであった。

幕府を通さずにである。幕府へはわざと二日遅れて下賜《かし》している。すなわち水戸へ出すのが本来の目的で幕府にはしかたなく出したという形をとっている。この勅書には関白九条尚忠の承認もなかったことから密勅と呼ばれている。水戸藩の家老安島帯刀《たてわき》は最初は拒絶したが結果としてこれを受け取った。

これは幕府の権威を無視した重大事件として厳重に追及される。疑わしき公家は軒並み捕縛《ほばく》される。この年が戊午《ぼご》の年であったことから戊午の密勅《みつちょく》と言われている。

直弼は受け取ったのが水戸藩であったことを重大視する。尊皇の藩である。ましてあの斉昭がいる。放置すればまた問題を起こしかねない。春嶽を処分した時は斉昭が御三家ゆえにそのままにしていたがもうこれ以上はほっておけない。この時とばかりに八月二十八日には既に隠居していた斉昭を国許《くにもと》での永蟄居《ながのちっきょ》として動けなくしてしまった。

それだけではない。安島が関与したのではないかと取り調べた。結果無罪となったが後に有罪とされる。

直弼は長野主膳の主張を取り入れ安政《あんせい》の大獄《たいごく》に走る。多くの反対派を次々に粛清《しゅくせい》していく。

すでに福井に帰っていた雪江はこの大獄の網から逃れる。

九月三日になると老中間部詮勝《まなべあきかつ》は新しく京都所司代になった若狭小浜藩主の酒井忠義《さかいただよし》とともに京に入った。勅に叛《そむ》き条約を結んだ言い訳のためである。六月の末に上洛する予定であったが春嶽の処分や家定の死去などがあり政局が不安定になっていたので大幅に遅れていた。

上洛してもひと月ほどはすぐには参内せず所司代に命じて密勅にかかわった公家やその下の者などを次々と捕縛した。

狙いは幕府の弁解を受け入れてもらえるように孝明帝や周りの者に圧力をかけるためであった。しかし帝《みかど》は頑固であった。条約承認を承知することは自らの信念を曲げることになるので簡単には承知しない。

それではと間部はさらに逮捕する者の範囲を拡げた。それだけではなく多くを江戸に送る。彼等は再び帰ることはないであろう。軽くて官位剥奪《かんいはくだつ》重ければ切腹や斬罪《ざんざい》に処せられるのは分かっていた。

遂に帝は十二月二十四日になって折れた。「このたびの止むを得ない事情はよく分かった」という意味の宸翰《しんかん》（天皇自筆の書）を下した。実際は「疑いは氷解した」となっている。大勢の公家は謹慎処分となった。間部は翌安政六年（一八五九年）の二月半ばまで京に滞在し攘夷派の摘発を続けた。

# 九　安政の大獄

安政五年（一八五八年）の十月二十三日には橋本左内が奉行所の呼び出しを受け収監される。一年近い尋問のあと遠島の処分になる。

安政五年十月の二十五日には慶福が第十四代征夷大将軍として宣下《せんげ》を受けた。この時の勅使は上座《かみざ》に将軍は下座《しもざ》に着座している。従来では勅使は下座であった。

これまででは考えられない。逆になっている。世の流れに従ったのであろう。慶福は家茂《いえもち》と改名した。

安政六年になった。

大獄の嵐は相変わらず吹き荒れている。この前後には多くの人間が処罰されている。テロを計画していたと自白した吉田松陰《よしだしょういん》や梅田雲浜《うめだうんぴん》、川路聖護《かわじとしあきら》、岩瀬忠震《いわせただなり》、永井尚志《ながいなおゆき》などを含めて百名を超える者を死罪や謹慎処分とした。

直弼は前年に遠島と決まっていた左内をそれも許さず一段重い斬首《ざんしゅ》とする。

安政六年（一八五九年）十月七日、すぐさま伝馬町《てんまちょう》の牢で斬首される。左内によほど警戒していたのであろう。春嶽の手足を完全にもぎ取ってしまった。

また水戸藩の安島も切腹をさせられる。

その三日後の十月十日には雪江は幽閉中の春嶽を訪ねて永の別れを告げる。

春嶽が謹慎中の身であるので夕闇に紛《まぎ》れて秘かにくぐり戸から入った。奥の間に入り襖《ふすま》を閉めて燭《しょく》台《だい》一つを前に二人は向き合った。

春嶽の前で己の力の及ばざることを詫びた。「いや私の考えも力も足りなかったのだ。全ては時の流れだ」と春嶽は言った。雪江は三日前に左内が死罪になったことを告げるべきかどうか迷った。ただでさえ失意の中にいる主君だ。追い打ちをかけることになると思ったがこの主君なら大丈夫だろう。

思い切って言った。

「左内が斬首されました」

「なんと」

「遠島であったものを井伊殿が上書きして死罪としたそうです」

「いつだ」

「三日前です」

「罪名はなにか」

「分かりません」

「直弼は何を恐れていたのか……そこまでやるとは」

しばし沈黙の後ふたたび春嶽は口を開いた。

「左内は私の命で動いただけだ。彼に罪はない。罪があるとするならばこの私だ。私をこれ以上処分できないのでそうしただけだ……左内には可哀そうなことをした。あの才能だ。もっともっと国のために尽くすことができた筈だ」

二人は薄暗い部屋の中で話し込んだ。

左内は暑い夏の盛りも雪の日もかまわず江戸、京、福井を駆け回ってくれた。明道館の充実にも尽力してくれた。あまりにも短い一生だった。その短い一生を精一杯働いてくれた。

この日は旧暦の十月十日で今なら十一月中頃である。雪こそ降っていなかったが外は冷え込んでいる。薄暗い部屋の中にも寒気《かんき》が忍んできた。名残が尽きなかったが夜も遅い。

互いにこれが永の別れと思い春嶽は自らの手形と和歌を添えて贈る。

朝夕にこれをながめて　わが前に
居るがごとくに　汝《いま》し思えよ

雪江は二十四日には福井に戻る。しばらくは放心状態であった。これまで全てを春嶽に捧げてきた。それについて悔いはない。しかし夢には近づけなかった。

それればかりか主君を今のような状況に追い込んでしまった。何が足りなかったのか。春嶽も自分も私心は全くなかった。藩ではなく国すなわち日本のためだけを考えてきた。何故それが通じなかったのか。

　我々は間違ったことはしていなかった筈だ。やって来たことを余《あま》さず誤《あやま》りなく後世に伝え残しておきたい。その思いが強くなり一息入れたのち十一月初めには「昨夢紀事《さくむきじ》」の執筆を始める。これは普段から日々その日の出来事をこまめに記録していたものを加筆再編している。この書は虚飾《きょしょく》もなく想像も交えず事実を淡々と描いており自身の自慢めいたことは一つも記されていない。

　万延《まんえん》元年（一八六〇年）六月に脱稿した書は全十五巻あり膨大なものである。

　雪江に関する図書は少ない。しかし雪江の手になる書物としてはこのほかに再夢紀事《さいむきじ》、丁卯《ていぼう》日記や奉答紀事《ほうとうきじ》などがある。現在、福井県立図書館には春嶽公に関する書物とともに一つのコーナーがあるほどである。その巻頭には書名の由来が書かれている。

　原文をそのまま書くと

「いざや世に　語り傳《つた》へむ　中たへし
　　昨日の夢の　まさしかりしを
うめき出て筆を執《と》り初《そ》めつれば、此れを昨夢紀事なむ題し侍《はべ》りぬ。

萬延元年六月
中根　靭負《ゆきえ》　師質《もろかた》　」

とある。日付は脱稿した万延元年となっている。

靭負とは雪江の前の名前である。

この書が出来上がる三か月前の安政七年（一八六〇年）の三月三日に大老井伊直弼は桜田門外にて襲撃され殺害される。

二年前の安政五年（一八五八年）八月の戊午の密勅は水戸藩を混乱に陥《おとしい》れた。幕府はそれを返上せよ。さもなくば藩をとりつぶすぞ、と迫るが藩内には反発する勢力が強く幕府に従おうとする一派との綱引きが始まった。後者は幕閣に時間の猶予を求めるものの両派の間に容易に決着はつかなかった。むしろこの間に密勅返上反対の勢力が強くなる。幕府の粛清対象はますます拡がる。

安政六年（一八五九年）八月には処分が決まり無罪であった安島は切腹となり主だった者も斬首、獄門となる。既に隠居していた斉昭も国許での永蟄居になりこれまた江戸での政治活動は完全に閉ざされた。しかしこれらの処分は返上反対過激派をさらに刺激することになる。

安政七年（一八六〇年）の二月には幕府の警戒の目を潜《くぐ》って過激派が集まり井伊直弼の襲撃を計画する。何度かの打ち合わせで決行の後には藩に迷惑がかからないように彼等は除籍願を出す。すなわち脱藩《だっぱん》する。

彼等は居場所も転々とし宿も分散して江戸町奉行所の警戒の目を逃れる。

襲撃したのは水戸の脱藩者十七名と薩摩藩の一名の攘夷過激派である。当初はもう少し大人数であったがいろいろな経緯がありこの人数に落ち着いた。


三月三日は在府《ざいふ》の大名の登城定式日《とじょうていしきび》である。午前八時に江戸城の桜田門《さくらだもん》が開き徐々に登城する大名の行列が続く。一部の町人や地方から出てきた田舎武士が武鑑《ぶかん》（大名や幕府役人の地位や家紋、石高《こくだか》等を記した紳士録のようなもの）を見ながらこれを見物している。

午前九時には彦根藩上屋敷の門が開き井伊直弼の駕籠が出る。桜田門までのおよそ五百米ほどの距離を総勢六十名ほどの行列が続く。この時期には珍しく雪が降り地面にも積もっていた。直弼の護衛の者たちは雨合羽《あまがっぱ》に陣傘《じんがさ》のいでたちである。

桜田門はまだ開いているが直弼の行列が出終わると彦根藩上屋敷の門は閉められた。

この時を待っていたかのように襲撃団の一人が先頭の武士に「直訴《じきそ》でござる」と走りよった。

押しとどめようとした護衛の武士に襲撃団のその一人はいきなり切りかかった。行列が止まる。突然ピストルの音が鳴り響き駕籠に打ち込まれる。

この音を合図に残りの襲撃団は一斉に斬りかかり行列は混乱に陥る。護衛する方は刀に防水用の柄袋《つかぶくろ》をつけていたのですぐに抜刀《ばっとう》できず応戦が遅れた。襲撃団のもう一人が駕籠に近づき大刀を二度突き刺した。今度はその武士に向かって護衛の武士が背後から斬りつけた。双方が入り乱れて血みどろの戦いが繰り広げられた。

直弼は既に虫の息であったが駕籠から引きずり出されて首を斬り落とされた。わずか十五分ほどの間にその辺一帯の雪は鮮血で染まり、首のない直弼の死体と六人ほどの死体が転がっていた。このほかに重傷を負って後に死んだ者も含めると十二名以上が死んだ。直弼を殺害したことを確認した襲撃の一団は鬨《とき》の声をあげ直弼の首を刀の切先《きっさき》に突き刺しながら四散《しさん》した。生き残った護衛の武士は死体を引きずりながら彦根藩の屋敷に入った。

幕閣の最高権力者が白昼に暗殺された。

直弼は徳川家の威光を保つことを常に考えていたようである。しかし反対派を次々と粛清することにあまりにも軸足を置きすぎた。

後に春嶽は意外にも直弼を高く評価している。私心がなかったと。

逆に慶喜は直弼は決断はするが知恵がないとこちらは厳しい見方をしている。

幕府は体面を保つため病死したと発表したが一部の町民等が見ていたためまたたくまに真実は拡がっていった。一か月もしない間に蟄居《ちっきょ》していた春嶽にも伝わった。福井にいた雪江も知るところとなった。

この時の老中は脇坂安宅《わきさかやすおり》、内藤信親《ないとうのぶちか》、久世広周《くぜひろちか》など総勢六人がいたが、これまでの直弼の威勢に押されていて誰も主導権を発揮する者はいなかった。

「水戸の浪士による仕業であることは分かっている。このまま何もしなければ幕府の権威は保てない」

「処分をすればさきに公表した病死との辻褄が合わない」

「それにいままでも斉昭様が永蟄居の処分をうけている。この上追い打ちをかけるようなことをすれば穏健派までが過激派に近づく恐れがある。そうなれば収拾がつかない」

いろいろな意見が出たがまとまらず結局水戸藩を断罪することはできなかった。

三月十八日には万延《まんえん》元年と改元され安政五年（一八五八年）から安政七年（一八六〇年）三月に至る安政の大獄はこれで終わりを告げた。

しかし雪江はその後の混乱を危惧した。

春嶽がいない今、誰が主導していくのか。

さてこのように国内を分断した通商条約の中身を要約すると、

一．下田、箱館に加え神奈川、兵庫、長崎などを開港する
二．日本人は自由に米国製品を売買所持できる
三．両国の商人は役人が介入することなく商売できる
四．アヘンの日本への持ち込みは認めない

五．米国人は居留地の外部の限られた地域での自由な外出は認められる
六．米国人の信教の自由は認められる。また居留地内では教会の設置も認められる

等でありアメリカの権利がかなり保障されている。

開港した地域の付近では徐々に産業、文化が変わっていく。米国の製品も目につくようになった。福井にいれば分からなかったが江戸に出ればその変化がよく分かる。

雪江は春嶽の謹慎中に三度ほど彼を訪ねている。桜田門外の変があってからは奉行所の監視も緩《ゆる》んでいる。とはいえもちろん夜分《やぶん》秘《ひそ》かにである。

万延元年（一八六〇年）の七月中頃、雪江は江戸に出た。「昨夢紀事」を脱稿して一息ついた頃である。その頃には既に井伊直弼の暗殺の詳細は町中に拡がっていた。幕府が体裁を繕《つくろ》って真相を隠しても事件を見ていた町人がいるのであるから隠しきれるわけがない。

雪江はそれらを確認しながらふと立ち寄った唐本屋《からほんや》で「大英国史《だいえいこくし》」という漢文で書かれた書物を見つける。長崎から伝わったものらしかった。

上海で布教活動をしていた英国人宣教師の手になるもので題名通り英国の歴史を記したものである。当時この本は禁書であったが漢文で書かれていたため奉行所の目にはすぐにとまらなかったのかもしれない。

雪江はすぐには全部が理解できなかった。

大半は政治システムについての記述であったがその中に少しではあるが産業と軍備について書いて

あるのに興味を持ち後に読むつもりで買い求めた。

英国では石炭が採れ毛織物産業が発達し蒸気機関が発明されると多方面に展開したと書いてある。雪江はそれに興味を持った。この本に何かヒントになるものはないか。越前ではそれらに代わるものと言えば府中の打刃物《うちはもの》か越前和紙あるいは絹織物しか思い浮かばない。これらが藩の財政を潤《うるお》すものになるだろうか。


雪江は春嶽と話がしたくなりその本を携《たずさ》えて春嶽の許を訪れた。

春嶽はその中で特に政治形態の記述に目を通した。

雪江は以後二回に亘り謹慎中の春嶽を訪ねているが春嶽が理解したその中身について彼から詳しい説明を受けることになる。

文久二年（一八六二年）の一月に訪れたときには春嶽は一つの構想を纏《まと》め上げていた。


春嶽が理解したところによるとある時代に英国の国王の横暴を抑えるために貴族が団結してパーラメント（貴族と聖職者の代表からなる後の上院）の設置を認めさせるところから始まっている。その後騎士と市民の代表からなるコモンズ（後の下院）が設けられ下院が立案し上院が審議するという形へ発展する。その結果を国王が決定するという議会制が出来上がっていく。

この段階ではまだ身分制議会であり国王に主権がのこっていたがいくつかの改善の結果、議会主権になる。国王は「君臨《くんりん》すれども統治《とうち》せず」という立憲君主制が出来上がったというのである。この政治システムの下では議会が決めた結論はたとえ国王でも覆《くつがえ》せないことになっている。春嶽はここに魅力を感じた。

春嶽の謹慎は安政五年（一八五八年）から文久二年（一八六二年）まで四年近くに及ぶがその多くをこの「大英国史」に朱筆を加えこれを参考にして彼なりの政治システムを考えていた。政事総裁《せいじそうさい》職《しょく》になった時にこの考えを纏め上げ自筆の書に認《したた》めた。その名は「虎豹変革備考《こひょうへんかくびこう》」という小冊子である。白紙十枚ほどで紙縒《こより》で閉じたものである。今も福井市立郷土歴史博物館に保存されている。

春嶽は雪江に言う。

「これを見てほしい」拡げたのは半紙に書かれた体系図である。

「一番上が天皇である。その下に行政部門と政策立案を担当する部門がある。これは英国の形に似せて書いた。行政部門は今の幕府が当たる。政策立案部門はさらに二つに分けて一つはこれを巴力門（パーラモンまたはハリルモン）もう一つは高門士（コンモンス）とするのだ」

「行政部門はなぜ幕府ですか」

「幕府には二百年以上に亘る経験がある。今の朝廷にはその能力はないであろう」

「しかし実行できないような政策を立案して幕府に推しつけるということになりませぬか。また行政だけしかやれぬようでは幕府側に不満はでないでしょうか」

「いままでのやり方だとそのようなことも考えられる。しかし今でも幕閣は政策立案者だ。配下の多くの役人が行政を担当している」

「巴力門（パーラモン）とはどのようなものですか」

「英国では貴族と聖職者がなっているが私の考えているのは大名だ」

「なるほど。しかし多すぎませぬか。外様も含めると三百近くになりますが。そんな状況で議論ができるでしょうか、いやまとまるでしょうか」

「私は親藩《しんぱん》や外様《とざま》が政治に参加できない今が問題であると考えている」

雪江は現在の幕閣を想定しているのですぐにはこの構想は理解できなかった。

「徳川幕府が開かれた時の大名は二百にも満たなかったんだよ」

その二百でも数が多い。そんな状況で議論ができるだろうか。雪江の頭の中ではまだその状態が想像できなかった。英国ではそれができているという。

「高門士（コンモンス）の方は」

「武士だ。場合によっては百姓、町人を入れてもよいと考えている」

「高門士（コンモンス）が立案したものが巴力門（パーラモン）で審議するということですが、ここで否定されたらどうなるのですか」

「そこはまだ具体的に詰めていない。差し戻すなどの方策が必要かもしれないがそれはこれからだ。私が英国の制度で是非真似たいのは政策立案部門で決まったことは天皇と雖《いえど》も覆《くつがえ》せないことだ。天皇はひとりだ。その時々で考えが変わる。

天皇によっては十分熟慮しないこともあるだろう。今我々が考えている天皇というのは個人格だ。私が考えている天皇というのは機関だ。誰がなってもいい。しかし巴力門（パーラモン）という多数で議論したことはそんなに突飛な答えではないだろう。私はこの点に特に期待している」

　雪江はかなり推敲《すいこう》を重ねられたなと感心した。その後先述したようにさらに検討して最終的には「虎豹変革備考」にまで煮詰めた。

　しかしこれを実現するには相当な時間がかかるだろう。

　雪江はますます主君を頼もしくかつ素晴らしいと思った。謹慎中であっても常に日本のことを意識しているなと感激した。

# 十　再登場　復活　混迷

桜田門外の変のあと大幅に入れ替わった幕閣は公武合体策《こうぶがったいさく》に転じる。これはもともと井伊直弼が考えていたことでもある。孝明天皇もこの考えに賛成であった。

その目指すところは朝廷と幕府が常に協議して政治を進めることではあったが具体的な方策は何も決まっていない。朝廷は幕府が建議したことを裁可するということを考えていたが、幕府は一定範囲内は幕府の自由にできると考えている。

春嶽も雪江も以前から考えていた。しかし過激派の勢力がここまで強くなった今この策は遅きに失した。具体的には皇女和宮《かずのみや》を徳川家茂に嫁がせることになる。

過激派の公家の動きは再び加速しているが今は挙国一致でことに臨まなければならない。国中が分裂してはいけないというのが天皇の考えであった。が急激に始まった無定見な外国貿易の増加は国内経済の破綻を招きそれに誘引《ゆういん》された尊皇攘夷思想は激化していく。

まさに雪江が恐れた社会が現出する。

国内は特に京は無政府状態に近づいていく。ここから先は幕府、長州、薩摩のそれぞれ過激派が入り乱れて多くの無意味な血が流された。

この年の八月にはあの水戸の斉昭が永蟄居のまま死去した。

文久二年（一八六二年）の二月には将軍家茂は皇女和宮と結婚している。

四月になって春嶽はようやく赦免《しやめん》されることになった。五月七日には幕政参預《ばくせいさんよ》となる。

それと同時に雪江も活動を開始する。

参預になった春嶽は参勤交代の中身を大幅に緩和するように幕閣に指示している。

薩摩藩では斉彬の後を継いだのは島津久光《しまづひさみつ》の子である島津忠義《しまづただよし》である。しかし実権はその父久光が握っていた。四月になると久光は薩摩藩一千の兵を率いて上洛した。兄である斉彬の遺志を継いで国政に参加するのが狙いであったがこれは攘夷過激派の期待を集めることになる。彼らの目には久光の上洛は倒幕挙兵《とうばくきよへい》の動きと映った。薩摩藩の過激派だけでなく土佐藩やその他の脱藩の志士も含まれており数は増える一方だった。

久光が過激派の暴走を抑えることを朝廷に奏上したので孝明帝は京に滞在するように伝える。

過激派に久光の考えが伝わるもそれではと彼等は有志だけで集結して九条関白と所司代を襲う手筈を整える。彼等は伏見の宿寺田屋《てらだや》に集まっていた。

これを嗅ぎつけた久光の手の者は説得しようとするが果せず遂に斬りあいとなり犠牲者が出る。久光は過激派が言うことをきかなければ斬ってもよいと告げていた。この過激派の鎮圧をしたということで朝廷内には久光を評価する声が高まった。文久二年（一八六二年）四月二十三日のことである。

襲撃計画を聞いた九条関白はほっとした。一つ間違えば殺されていたかもしれないのである。久光は過激派をそれぞれの国許に送り返す。しかしこの犠牲者が出たことに対して過激派の報復が始まった。幕府側も所司代を使って暗殺で対応する。

その後久光は勅使に従って江戸に向かう。目的は安政の大獄の不当な処分を撤回させることと幕府の中枢人物の刷新であった。その中には将軍家茂が上洛することも含まれていた。

勅使は勿論叡慮《えいりよ》（天皇の考え）を受けて動いている。

久光は兄斉彬の遺志を継ぎ慶喜の将軍後見職と春嶽の大老就任を幕府に迫る。

慶喜の将軍後見職は既に前任の者がいたのでその交代の理由つけに時間がかかった。春嶽の大老就任は従来の慣習からはできないために七月九日に幕府は事実上それに代わる政事総裁職なる職位を新たに用意する。この地位は今でいえば総理大臣に相当するがしかし春嶽は戸惑う。

将軍には慶福《よしとみ》（この時は家茂《いえもち》と改名している）がおり、その後見職に慶喜が座っている。政事総裁職がたとえ大老に匹敵するとしても三者の職務分担はどうなるのか。権限は、また責任者は誰なのか。もともとは妥協の上に作られた体制であるため何も論議されていなかった。しかも幕政参預の地位はそのままである。

それでも春嶽は慶喜に以前まとめた「虎豹変革備考」を示して国体の変更を訴える。将軍後見職と政事総裁職がまとまれば実現できるかもしれない。

しかし慶喜はこの二院制の形に理解は示したが実現しようとする動きは見せなかった。

これはある意味しかたがなかった。将軍後見職として自分がいる。その自分が補佐しなければならない将軍を否定するようなことはできなかった。

それを理解しながらも春嶽は慶喜の考えが不安定なのを心配した。

春嶽は既に福井藩の政治顧問として招いていた熊本藩の横井小楠《よこいしょうなん》を江戸に呼び自らの助言者とした。

小楠はこの時に「国是《こくぜ》七条」を春嶽に提言している。

坂本竜馬《さかもとりょうま》が福井の小楠を訪れたときにこの内容を聴いている。

よほど共感するところがあったのか三度も訪ねている。

後に竜馬がこれをもとに「船中八策《せんちゅうはっさく》」を作りさらには三岡八郎（後に由利公正と改名している）が明治天皇の御製《ぎょせい》になる「五カ条の御誓文《ごせいもん》」の原案を作っている。

その中身は、

一．大将軍上洛して列世の無礼《ぶれい》を謝《しゃ》せ
　これまでの政治は徳川家による徳川家のための政治でしかない。すなわち私《わたくし》の政治である。今からは公《おおやけ》の政治にあらためるべきでありこれまでの政治を天下と朝廷に謝るべきである。
二．諸侯の参勤を止めて述職《じゅっしょく》となせ
　財政上の負担の大きい参勤交代はやめて諸侯は藩内の状況を報告するだけでよい。そのような金があるなら海防の財源にするべきである。
三．諸侯の室家《しっか》を帰せ

諸侯の奥方を国許に帰す。各大名の反逆を防止するための措置ではあったが周囲の者も含めるとこれも財政上の負担となっているのをあらためるべきである。

四．外様・譜代に限らず質《しつ》をえらびて政官となせ

これまで血統を重んじて政治に登用していたのを改め優秀な人材を用いるべきである。

五．大いに言路《げんろ》をひらき天下とともに公共の政《まつりごと》をなせ

一部の地位の人々による幕閣政治だけでは国の方針は決められない。諸大名が集まって議論を尽くして結論を得るべきである。

六．海軍をおこし兵威《へいい》を強くせよ

欧米の脅威から身を守るためには海軍の増強が不可欠である。これには諸藩の協力体制が必要である。

七．相対交易《そうたいこうえき》をやめ官交易《かんこうえき》となせ

相対（自由）貿易は諸外国の言うがままとなる。諸制度が整うまで貿易は国の管理下とするべきだ。

以上のようにかなり革新的なものとなっている。

要はこれまでの政治が国内にしか目を向けていなかったのに対しこれからは世界を相手にすることを考えねばならないという視点から出発している。

二項と三項については以前から春嶽や雪江が言ってきたことである。

二項についてはこのほかに進物や献上品を大幅に節減することも含まれている。しかしながら献上品として老中はおよそ年間に二千両、若年寄りは千両を受け取っている。彼らからすれば余禄《よろく》がなくなるので反対意見が強かった。

三項については文久二年（一八六二年）に幕政参預となったときに春嶽は幕閣に実行させている。

七項については雪江が長崎に藩の「物産総会所《ぶっさんそうかいしょ》」を設けて大きな利益を上げてきていることを参考にしている。しかしこれは藩の管理が適切であったからで各人の自由にさせると海外に金銀が出ていくだけになってしまうと言っている。

一項はさすがに春嶽も雪江も考えていなかった。それ以外はこれまで雪江や春嶽が提案し目指してきたことである。

ただし五項の優れた人材というのは小楠の頭の中ではまだこの段階では武士階級の中からというのを意味している。

久光は江戸からの帰りの八月に生麦村《なまむぎむら》で大名行列の邪魔をしたということでイギリス人を殺傷してしまう。後に巨額の賠償金を払うことになる。

九月二十一日に攘夷の実行を迫る勅使がくる。勅旨の内容の一つは攘夷をいつ実行するのか期日を明確にせよということともう一つは京及び朝廷の警護を実施せよであった。一つ目は攘夷を実行するだけの軍事力も準備もない。二つ目は幕府が朝廷の下に控えることに繋がりかねないので婉曲《えんきょく》に断った。幕閣は慌てた。春嶽と慶喜は表面的には「攘夷奉勅《じょういほうちょく》」として一旦勅使を京へ帰し将軍家茂上洛の先触れとして春嶽と慶喜が上洛してその間に朝廷を説得することを考えた。

と言って方策があるわけではない。一つ考えられるのは小楠の言う「破約・自主・国策」である。

この趣旨は、

一．今の通商条約は軍艦を以て脅迫まがいの方法で結んだものであるから国際条理に反するのでこれを一旦破約する。

二．そのうえで我が国が必要と認めればかつ国際的に認められる内容であれば自主的に条約を結ぶ。

三．これを国策として明確に打ち出す。

というものである。これにより過激派を宥《なだ》め実質的には今の状況を是認《ぜにん》するというものである。

しかし慶喜はこれを否定した。これは日本国内の論理に過ぎない。

国際条約で一度結んだ条約を破約するなどというのは到底許されるものではない。逆にそのことで外国に攻撃する口実を与えかねない。これはできない。

慶喜はこの辺の論理をよく分かっていた。

当然である。この案は否決された。

このため春嶽は再度「虎豹変革備考」の実行を慶喜に迫る。

またその時に春嶽は慶喜に対してそれができないのであれば今委任されている権限を一度朝廷に返

還してはどうかと提案した。徳川幕府が頂点になるべきだと思っている慶喜が受け入れる筈がないのは分かっていたが今の状態では閉塞状態だ。それも一つの方法だと考えていた。後年大政奉還として実行される。

将軍上洛が決まった。幕府はその警備のため諸国から浪人を集める。彼等は京都守護職である会津藩主松平容保《かたもり》に預けられる。このようにして会津藩お預かりとしての新撰組《しんせんぐみ》が生まれる。それまで単に浪人の寄せ集めに過ぎなかったものが一応肩書きを持つことになる。

文久三年（一八六三年）の二月に春嶽は将軍家茂の上洛に備えて京に赴《おもむ》く。雪江も同行する。二月の終わりには家茂は三千の兵を率いて京に向かう。実に二百二十九年ぶりの将軍の上洛である。出迎えた春嶽は二条城において京の情勢を報告する。

幕府内は開国論であるが朝廷では未だ攘夷である。このことをまず認識していただきたいと強調した。

朝廷が求めたのはまず将軍が横暴の目立つ長州を直々に征伐しその後に天皇に拝謁するということであった。

ここで春嶽は考え抜いた案を披露する。

江戸では開国、京では攘夷と国論が分裂している。お互いに勝手なことを言っている。すぐにはまとまりそうにない。またまとまったとしても今の国情で簡単に攘夷などはできない。幕府も諸藩を牽引するだけの力はない。

この際一度朝廷に政権を返上するかそれとも引き続き大政を委任させていただくかいずれかを明ら

かにするべきであると家茂に迫る。朝廷か幕府かいずれかひとつにしなければならない。いわゆる「政令帰一論《せいれいきいつろん》」である。

孝明帝との会見も間近に迫っている今が好機である。春嶽は力説した。

この時家茂は十八歳であった。この春嶽の提言を否定した。やはり若かった。春嶽はことの重大さを分かっていないと受け取った。

現状のままということである。春嶽はそれならそれで大政委任を明確にしなければならないと再度迫ったが答えは変わらなかった。

三月二日、政事総裁職の辞任を申し出るもこれも許可が出なかった。春嶽は「ではどうしろというのか」と怒りが込み上げてきた。春嶽は許可のないまま福井に戻る。

三月七日には家茂は孝明天皇に拝謁する。

この時に「政令帰一論」を展開するどころか、できもしない攘夷の実施まで約束してしまう。家茂には政治上の駆け引きはできなかった。そのまま江戸に戻る。

江戸に戻った家茂は三月二十五日に勝手にやめたとして春嶽を逼塞《ひっそく》処分とし政事総裁職を罷免する。この知らせに横井小楠は激昂《げきこう》する。

京には将軍も春嶽もいない。

文久三年(一八六三年)三月には久光は二度目の上洛をする。この時の大義名分は京都守護の勅命を得て朝廷の権威を高めることであるとした。

しかし攘夷過激派の動きを抑えることができず、むなしく薩摩に帰る。

相変わらず暗殺事件は続いていた。

京における攘夷過激派の横行に危機感を抱いた孝明天皇は薩摩藩と会津藩に対し横暴の目立つ過激派の公家と長州藩を京から追放するように命ずる。

御所《ごしょ》の外郭《がいかく》の門には長州藩とそれに対抗する薩摩会津の軍がしばらくはにらみ合っていたが天皇の命令であればいたしかたなく長州藩の軍は長州に引き上げる。

八月十八日の政変である。しかしこれは禁門《きんもん》の変《へん》の遠因となる。

その後翌元治《げんじ》元年（一八六四年）春頃まではテロが横行した。

九条家の家臣（武士）が暗殺されたのを手始めに幕府側の人間も過激派に天誅《てんちゅう》として暗殺される。

しばらくはこのような事件が続き多くの人間が闇討ちにあう。

久光は十月にも三度目の上洛を果たしているが状況は変わらなかった。

このままでは混乱が収まらないと考えた春嶽と茂昭はその前の六月一日に今後の福井藩の取るべき道を協議するために主だった藩士を集める。

藩論は沸騰した。なかでも小楠は「このままでは幕府は欧米に押し切られて大坂湾を開港せざるを得なくなる」と説いた。現に英仏蘭の軍船が大坂湾にいる。

小楠は、

「一つ、各国の公使を京に呼び集めて朝廷と幕府の要人列席《れっせき》の下《もと》万国至当《ばんこくしとう》の条理を決める。二つ、朝廷が人材に乏しい幕府に代わり賢明なる藩主を幕閣に登用すること」を求めて軍を率いて上洛しようと建言する。

「挙藩上洛計画《きよはんじようらく》」である。

藩士全員が全兵力を動員して日本を制圧し朝廷にも幕府のいずれでもない勢力で両者の対立を武力で抑えるという計画である。

また前藩主春嶽と現藩主茂昭以下四千名が再び福井に戻らぬ決意で向かうべきだと主張した。

春嶽はこの時武力に訴えるのは最後の手段だが今の局面を打破するには止むを得ないという考えであった。五月末には藩論がまとまり計画の詳細が決まった。これまで小楠とは歩調を合わせてきたがこの計画は過激すぎると考えた雪江は反対する。言っていることは至当ではあるが武力でもって意見を通すのは内乱になるかもしれない。

「福井藩だけでは到底できない」

「いや他藩も追随するところが出てくる筈だ」事実彼は熊本藩と連絡をとっていた。

六月中頃まで雪江は小楠と激論を交わす。雪江は藩内を混乱させたとして藩主茂昭より蟄居隠居《ちつきよいんきよ》の処分を受ける。前藩主の春嶽は参勤交代の時期でありこのほうが先であるという意見であった。入府してのちこの考えを広めるのが先だと主張した。

七月になると朝廷の穏健派の公家から今はその時ではない、また春嶽に対する反発が公家や諸藩の藩士の間にあり暗殺の恐れも否定できないという連絡が春嶽の許に入り挙藩上洛計画は取りやめとなる。雪江は蟄居処分を解かれる。

八月中頃には小楠はもはやここに残るべきではないと考え福井を去っていく。

この頃薩摩の努力で天皇の考え方に変化が現れ始めていた。

武力に大きな差があるのに無理をして攘夷を試みるのは「無謀の攘夷であり朕《ちん》の好むところではない」との勅書が出された。長州が外国の船を砲撃するのは避けるべきだという意見である。

春嶽は政事総裁職は解かれても参預の地位はそのままであった。十二月に入ると慶喜、春嶽、山内容堂、伊達宗城、松平容保、島津久光の六名からなる参預会議が始まった。この参預というのは朝議《ちょうぎ》参預《さんよ》の意で天皇臨席の会議にも出る。

幕閣はこの制度が気に入らなかった。この場で決まったことは天皇が裁可する。

これでは幕府機構は参預会議の下部機構に過ぎない。これまでの幕閣の権限はどこにもない。親藩や外様に完全に権力を奪われている。

特に老中たちは薩摩藩主導で動いているのが気に入らなかった。昨年は長州、今度は薩摩に振り回されて幕府の権威は地に墜《お》ちている。将軍家茂もこの参預会議の存在には反対であった。

参預会議は幕府の上におり将軍はその下にいるからである。慶喜は幕府の権威を取り戻すためにこの制度を無力化することを考える。

この会議は久光が提案して開いた。雪江も控えとして参加する。この席で慶喜は徳川幕府の権限の擁護を声高《こわだか》に主張する。

「これまでのように幕府が諸藩に命令する形がいい」

これに対して春嶽と山内容堂、伊達宗城は異を唱える。三人は「それでは今までと同じではないか。

雄藩の合意と協力でことに当たるべきだ」

徳川だけではなく雄藩連合《ゆうはんれんごう》でことに当たるべきだという立場である。このほうは春嶽が主導した。慶喜と三名の対立である。このときに春嶽は再び二院制の政治形態に言及する。

参預会議は年末まで紛糾する。誰が主でありその権限がどこまでかということが決まっていなかったことが根本原因である。先行きを心配した中川宮《なかがわのみや》が自邸で参預全員を集めて年賀の宴を催した。

文久四年（一八六四年）二月のことである。その祝宴の場で慶喜は泥酔して参預会議で自分の意見が通らなかったことに腹を立て中川宮の面前で春嶽、容堂および宗城を名指しして天下の大馬鹿者と罵倒する。中川宮にも喧嘩を売る。酒の上での話であり慶喜がどこまで本気であったかどうかは分からない。

同席していた者はわけが分からずあっけにとられていた。

幕府老中の意に添い慶喜が参預会議を壊す気であったと考えると納得がいく。しかし攘夷か開国かという国家の重要事項の前に一氏族である徳川家の権威の擁護のためにとった態度であれば公を軽視し私を優先したことになりこれは許されるべきではない。

面と向かって罵倒された三名は黙っていた。春嶽は慶喜の真意を理解できないばかりか徐々に彼に対する不信を募《つの》らせていく。伊達宗城はその場ですぐに参預を辞任する。二月になると山内容堂も京を去りこれを待っていたかのように慶喜も参預を辞任した。

参預会議は慶喜の思惑どおり分裂崩壊した。しかたなく春嶽は同年（元治元年に改元）四月十九日に、またしばらくは京の情勢を探っていた雪江も五月の初めには福井に戻る。

長州藩の過激派の大半は前年に国許へ帰されたがその残党は畿内《きない》に潜《ひそ》んでいた。予《かね》てからその動きに目を光らせていた新撰組は尊皇攘夷派が旅館「池田屋」に潜伏し謀議を重ねていることを突き止め周到な準備の上わずか三名で六月五日の深夜に突入する。

後に土方《ひじかた》が駆け付けたとはいえ過激派の九名が戦死し二十四名が捕縛される。過激派は御所を襲い一橋慶喜や松平容保を暗殺し中川宮を幽閉、天皇を奪い長州へ御移り願い最後には御所に火をつける計画であった。中川宮が攘夷過激派に批判的であったことによる。

またこの件で新撰組への評価が高まり会津藩の松平容保は彼らを藩お預かりの身分から藩士としての待遇に変える。その後幕府からは幕臣として旗本に取り立てられることになる。

長州藩の過激派が唱える軍を率いての上洛に躊躇《ちゅうちょ》していた穏健派も藩士が殺されたことで一気に過激派の方に近づく。

おりしも土佐藩や越前藩も少数の護衛を除いて大半は京にいないので好機ととらえ穏健派も攘夷派の計画に乗る。

それでも過激派の一部は一縷《いちる》の望みを捨てず長州藩への処置の撤回と松平容保の追放を求める嘆願書を朝廷に提出する。

しかしそれは叶わなかった。あくまでも松平容保を擁護する天皇の姿勢に変化はなかった。彼等は絶望しもはやこれまでと思い予定どおり武力を背景にした行動をとる。

長州軍は六月の二十四日には山崎、伏見に布陣する。

元治《げんじ》元年（一八六四年）七月十九日の禁門《きんもん》の変《へん》である。最も戦いの激しかった付近の名前をとって蛤御門《はまぐりごもん》の変とも呼ばれている。

御所は内裏《だいり》とも呼ばれ東西七百米、南北千三百米の広さがあるが周囲に六つの門がある。さらにその外側は外郭《がいかく》と呼ばれ東西二千米、南北参千四百米の広大な敷地があり、そこには九つの門があった。これらを総称して禁門と呼ばれている。これらの門には少なくなったとは言え三千名を超える兵が守っていた。外郭の西中央の蛤御門は天皇の執務場所の清涼殿《せいりょうでん》に最も近い。ここは会津藩《あいづはん》と桑名藩《くわなはん》の兵が守っている。

七月十九日の朝この護衛の兵と長州攘夷過激派が衝突する。大砲も使われた。その北の中立売《なかだちうり》御門は筑前藩《ちくぜんはん》が守っていたが一時過激派はここを突破して御所内に侵入し清涼殿に近づく。しかしその北側千二百米にある乾《いぬい》御門に居た薩摩藩の兵が加勢に来ると持ちこたえられず敗退する。御所南方の堺町《さかいまち》御門は越前兵の管轄であったがここは強固で破れず力尽きてその御門のすぐ北にある鷹司邸に進入し数人はここで自害する。結局長州攘夷過激派は四百五十名の戦死者を出すに至った。

天皇は激怒した。禁裏に侵入し朝廷に銃を向けた罪で直ちに朝敵《ちょうてき》とされ第一次長州征伐の対象となる。

長州にしてみれば攘夷を唱える孝明帝に忠実に従おうとしてきたのに朝敵とされたのは心外であった。

天皇護衛の兵の損害も六十名ほどに上った。京の町の中心部は三日間に亘り三万戸以上が焼失している。北の一条から南は七条辺りの東本願寺まで焼けている。

この時には春嶽も雪江も京に居なかったが八月十五日になると上洛し長州征伐の打ち合わせに参加する。春嶽は雪江の進言もあり越前兵に対し鷹司邸で自害した長州兵の遺骸《いがい》は丁重に扱い越前藩の京の菩提寺に手厚く葬り墓を作ることを命じている。これ以上憎悪の種が増えないようにとの配慮である。

春嶽も雪江も彼等が孝明帝の頑《かたくな》な攘夷思想に振り回されただけの哀れな侍であるとの認識であった。

# 十一　長州征伐

長州征討は尾張藩、越前藩を中心としたおよそ十五万の兵力で行う。

尾張の前々藩主の徳川慶勝《よしかつ》を総督に任命し降伏条件の決定などの全権を委任した。彼は乗り気ではなかったがしぶしぶ引き受ける。

副総督は越前藩主の松平茂昭である。

元治元年（一八六四年）の七月二十三日に長州征伐の勅命が下った。八月に進発した征討軍《せいとうぐん》は大坂城で作戦会議を開くがこの席上薩摩藩の西郷隆盛《さいごうたかもり》にさらに全権が委譲される。

西郷は長州藩が朝廷に恭順を示し、その証しとして関係者の切腹や斬首、一部の城の廃棄などをするなら戦を延期すると説得した。

結局長州側がその指示に従ったので戦争はしなかった。小さな争いはあったが十二月末には幕府の軍の解兵令が出た。この一連の動きは遅れて江戸、京に伝わる。

この頃の老中は首座が本多忠民《ほんだただもと》、次座が水野忠精《みずのただきよ》（忠邦の長男）のほか五人がいた。

この七人が善後策を談義する。

「征討軍が戦《いくさ》をしなかったわけは何か」

「征討軍総督の指図に従ったので無理な戦は避けたのではないか」

「なるほどそうかもしれないが幕府の大軍であれば一挙に押し潰せたのに」

「和平の案は幕府の方から出たというがあの大軍だ。そんな案を示さなくとも長州側はひれ伏した筈だ」

いろいろの意見が出たが老中連中はそれ以上の情報が得られず結局そのままとなる。征討軍の副総督は越前藩の現藩主松平茂昭であるが前藩主は春嶽である。

過激派は好まぬが国論が分裂するのも避けようとしている人物だ。彼からの指示ではないか、それとも全権を託された西郷の方策なのか。この件に関してはおよそ一年近くうやむやのままであった。

実際には総督であった尾張の徳川慶勝が徹底的に長州を追い詰めれば大きな争乱に発展する。相手は一つの藩で必死で向かってくるのに比べこちらは諸藩の寄せ集めに過ぎない。双方ともに大きな損害が出ると考え西郷に戦わずして勝つことを求めたのが真相のようである。しかし永年長州と仲が悪かった薩摩藩の西郷がこれに従ったのは何かウラがあるとも考えられた。

西郷に全権が委譲された時に彼は大坂で勝海舟《かつかいしゅう》に会っている。勝は日本国中が争乱に陥《おちい》ればその間に外国勢に侵入されるかもしれない。できるものなら戦は避けるべきだと諭していたという。このことが効いたのかもしれない。

慶応元年（一八六五年）江戸を出た家茂は五月には参内し長州再征の朝議に参加した。

六月末には大坂湾で別の問題が生じていた。


英米蘭の軍船が停泊していたが、その米国の船上で大坂開港の勅許を得るように迫られる。相手の船の上で威圧され三か月先の九月二十六日までに回答すると約束してしまう。これが発覚したのは九月末である。朝廷は立腹しその約束をした老中二人の切腹を命ずる。

この時に駆け巡って猶予を願い出たのは慶喜であった。結果二人の切腹は免れた。家茂への失望感が高まり逆に慶喜の動きが評価された。

進退きわまった家茂は十月三日になり開港の勅許を出してもらう代わりに将軍の辞職を願い出たがこれは許されなかった。

十月五日には兵庫に限り開港の勅許が出た。

ようやく長州征伐（第二次）の勅許を得た家茂は急遽大坂に戻り十一月七日にはこれまで放置されていた長州征伐を諸藩に命ずる。

多数の幕府軍はここまで長引いた議論に士気は低下し兵を出している諸藩の財政も悪化していく。

また幕府軍の長期に亘《わた》る大坂滞在は米価の急騰をもたらした。普段の三倍近くに達しており群衆が米屋を打ち壊すなどの騒ぎが出ていた。

近藤勇《こんどういさみ》はこの時長州は軍備を十分に整えた上でさらに恭順の姿勢を示しているが片や幕軍の方は士気の低下が著しく勝ち目は薄いので寛典《かんてん》すなわち穏やかな処分が望ましいと述べている。

第二次長征は前回とほぼ同じ十五万の兵力で慶応二年（一八六六年）六月に進発していたが大坂や兵庫で止まっていた。

これには薩摩藩は参加していない。参加したのは三十一の藩であった。

理由があった。

春嶽と雪江が睨《にら》んでいたとおり薩長同盟が既に慶応二年（一八六六年）一月二十一日に成立している。春嶽も雪江もなにかおかしいとは思っていたが確信が持てなかっただけである。

そんなことを知らない老中連は雪江であればその背景について詳しいことを知っているかもしれないしこの後の方針も相談できるかもしれないと慶応元年（一八六五年）の十二月初めに江戸に呼び寄せた。

雪江はあれほど対立している両藩なので今までと変わりはないであろうが薩摩藩が参加していないのは何かあるかもしれないと考えておいた方が良いと回答した。幕府が長州に対して命令した藩主父子が江戸に向かうということが一向に実行されないのはその兆候かもしれないということは感づいていた。それでも戦は避けるべきだという彼の信念は変わらなかった。

今まで敵対していた両藩が結びつくのは簡単ではない。双方に繋がりを持つ坂本竜馬が重要な役割を果たす。京の所司代は彼を捕えて聞き出そうとしていた。

彼が介在して西郷と長州藩の桂を結びつけた。これを受けて長州では幕府軍が来れば軍備を整え迎え撃つことを決議していた。それに備えて長州は小銃一万挺を用意したいが幕府の目があるのででき
ない。

これを薩摩が代わりに行う。それに対して長州は薩摩軍に兵糧米を提供するというものであった。坂本は武器商人でもあった。薩・長と幕府の争いを企んだとすると納得がいく。

この約束を実行したおかげで長州は数では一万にも満たず圧倒的に不利であったにもかかわらず幕府軍を徹底的に押し返す。近藤勇の言う通りになった。

将軍家茂は大坂に帰り大坂城で病に倒れる。孝明帝は大坂まで医師を派遣までするが七月に亡くなる。

七月二十日には島津久光父子から征長反対建白書が出されるが朝議では幕府への大政委任は朝廷が利用されるだけだとして朝廷が主体的になるように一元化すべきであるとの動きが強まった。

七月二十七日には慶喜は徳川宗家《そうけ》を継ぐが将軍職は辞退した。将軍職の辞退は春嶽の勧めもあった。八月四日に朝議に呼ばれた慶喜は長州を押し戻しさえすればその後は長州に寛大な処置を望むと訴えた。今回の長征には大義名分がない。

この時に慶喜は和平のあとのことを考えており長州を追い詰めるのは得策ではないという思いであった。和平が成立し再び徳川が首班になれば長州も配下にしなければならない。今離反させるべきではない。

しかし孝明帝は解兵する気はないので直ちに進発するようにとの意見である。頑固である。

それでもあきらめず慶喜は出陣見直しを関白に願い出た。八月八日のことである。まもなく勅許は下り二十日には長州征伐は取りやめるとの勅令が出る。幕府と長州は八月三十日には講和する。

あくまでも攘夷を言い続ける過激派の公家に対し帝は行き過ぎを懸念して彼等を処分する。岩倉らは遠ざけられた。しかし岩倉らは朝廷を利用しているだけの慶喜の肩を持つ帝の真意が理解できず帝の排除を画策する。

十二月五日に慶喜はようやく第十五代征夷大将軍になるがまもなく十二月二十五日には孝明天皇が崩御《ほうぎょ》された。突然の三十五歳での死であった。

一つの時代が終わった。

# 十二　地殻変動

　振り返ってみればこの十年ほどは攘夷か開国か、慶喜か家茂か、徳川か朝廷かの三点で争ってきた。朝廷改革を目指す公家にとっては究極のところ最大の障害は攘夷を唱え続けた孝明天皇ではなかったかという思いがあった。特に岩倉などの宮廷改革派である。

　当初攘夷の考えを持つ天皇を煽ったが時の流れに乗り既に岩倉らは徐々に攘夷の主張を引っ込めはじめていた。今や帝は邪魔な存在になりつつある。

　この障害を取り除くために孝明帝が毒殺されたという噂も流れる。

　攘夷を言いながら幕府を擁護してきた公家もいる。しかし孝明帝がいなくなり強硬な攘夷の意見は影を顰《ひそ》めるが公武合体も今やどうでもよくなってきた。彼らの目的は倒幕に傾いていた。

　翌慶応三年（一八六七年）四月十六日に春嶽と雪江は入京する。

　五月には久光は松平春嶽、山内容堂、伊達宗城および島津久光で構成する四侯《しこう》会議を主宰する。すでに政治の中心は江戸から京に移っていた。

　この会議では慶喜の巧みな弁舌で長州への寛典を奏靖《そうせい》し明治天皇の勅許が下されて長州はようやく

朝敵の汚名を雪《すす》ぐことができた。

慶喜は徳川の権力は維持しながらも国内が分裂するのは避けたいと考えていた。

もう一つの議題である兵庫開港についても勅許が出た。

しかしこの四侯会議でも意見はまとまらなかった。慶喜一人が徳川の権利の縮小に反対したからである。幕府側はばらばらである。

この頃から春嶽は慶喜の真意がこれまでのように徳川幕府の天下を目指しているのではないかと思い始める。春嶽は慶喜と同じく国内が分裂するのは良くないと思っていたがこれまでのように徳川の天下になるのも避けるべきだという考えである。自説であった多数から成る政治であるべきと思っている。

時代は混沌《こんとん》としている。過激派も巻き込んで複雑怪奇の動きを見せる。春嶽は内戦になることだけは避けたかった。諸外国の介入が予想された。事実フランスは幕府に近づき一方イギリスは薩摩に近づいていた。

イギリスとフランスが日本国内の内戦を起こし日本を分割しようとしているのではないかという情報もあった。これだけは何としても避けなければならない。春嶽は雪江を使って各派の内情を探る。

雪江は以後しばらくは表舞台に出てこない。黒衣《くろこ》に徹したのである。

この頃から薩摩藩は倒幕それも武力討幕に傾いていく。

逆に山内容堂は徳川家の存続を考えていくようになる。

明治天皇はまだ十五歳である。自分の意見を言えるほどの見識はなかった。

周囲の朝臣の意見が通る。朝廷の改革派も武力で幕府を倒すしかないと考えるようになった。孝明帝の死後復活した岩倉具視を中心としたグループは倒幕の勅許を得ようとする。いまや攘夷はできないことも理解してきた。あとは幕府を倒すことだけになった。薩摩も武力を整え出している。いつでも倒幕の軍を進めることができる。

山内容堂や慶喜はその動きを読んでいた。その機先を制し大政奉還を持ち出す。孝明帝に差し出した時の文書の最後には「臣《しん》 源《みなもとの》 慶喜《よしのぶ》」と結んでいる。将軍家は一臣民《いちしんみん》であるとの意味である。しかし内心ではそうではなかった。

今の朝廷に幕府のような統治能力はない。彼らにはとてもできないから今までどおり幕府にお願いすることになるという読みがあった。

倒幕の勅許がまさに下されようとする慶応三年（一八六七年）十月十四日に慶喜は朝廷に大政奉還の勅許を願い出る。春嶽が思い描いた姿ではあるが環境ががらりと変わっている。春嶽が考えた大政奉還は政令帰一論の一つの形であったが慶喜はこれを政局の道具として使った。

やるならまだ幕府に力が残っているうちに、また薩摩が倒幕に舵《かじ》を切る前にすべきであった。春嶽には既に遅いのではないかという思いがあった。

春嶽は自分は徳川の血筋を継ぐべき立場であるが幕府が無くなるのも止むを得ないと考えるようになってきた。国体を守らなければならない。徳川家の存在は二の次だ。

慶喜は弁舌さわやかで頭脳明晰かもしれないが突如としてこのような案を持ち出す。順序だてて方針を積み上げていくということをしないので幕府側の多くの大名がついていけなかった。彼等は黙って見つめているしかなかった。

翌日勅許は下りたが同時に倒幕の密勅も出た。これはさらに発展して徳川家に対する辞官納地《じかんのうち》にまでなっていく。十月二十四日には慶喜は征夷大将軍の辞任を申し出るが朝廷にはその後釜に座るだけの覚悟はなかった。

従ってこの件については諸侯会議による国是決定までの間暫時従来通りにせよとの通達が出る。つまりは慶喜将軍による体制が続くことになる。公儀体制を目指す者にとってはこれは徳川独占体制で従来と大差はない。

諸侯会議の開催が難航した。春嶽は公儀体制には慶喜も参加させるべきであると主張したが倒幕を計画している岩倉や薩摩は受け入れなかった。慶喜も公儀体制には批判的であった。

春嶽も雪江も朝廷と慶喜との間を幾度となく往復するが進展しなかった。膠着状態を打破するために薩摩、越前、尾張、土佐および安芸の五藩によるクーデターで朝廷を掌握する。もはやこれ以上幕府を守る必要はないというのが彼等の論理であった。

代表して岩倉具視が幕府の廃止と新体制の樹立を宣言する。王政復古の号令である。また孝明帝の時に朝敵とされた長州を明治天皇によりそれを取り消して復権させた。新体制の朝議では薩摩藩および長州藩が主導して幕府領地の返納と慶喜の内大臣職の辞任を求めるいわゆる辞官納地を議題とした。

まだ薩摩藩と幕府側との戦いがいつ始まるかという時であった。慶応三年（一八六七年）十二月九日に具体的な体制が決まった。

この初閣議は御所の中の小御所《こごしょ》で開かれ次のような体制であった。

総裁　有栖川宮《ありすがわのみや》
議定《ぎじょう》　仁和寺宮《にんなじのみや》　山科宮《やましなのみや》　中山忠能《なかやまただやす》　三条実愛《さんじょうさねなる》　中御門経之《なかのみかどつねゆき》　徳川慶勝《とくがわよしかつ》　松平春嶽《まつだいらしゅんがく》　山内容堂《やまうちようどう》
　　島津忠義《しまづただよし》　浅野茂勲《あさのもちこと》
参与　岩倉具視《いわくらともみ》ほか公家四名
　　尾張藩　三名
　　越前藩　中根雪江《なかねせっこう》ほか二名
　　土佐藩　後藤象二郎《ごとうしょうじろう》ほか二名
　　薩摩藩　西郷吉之助《さいごうきちのすけ》　大久保一蔵《おおくぼいちぞう》ほか一名
　　芸州藩　三名
以上である。

このときに雪江は徴士参与《ちょうしさんよ》に任命される。既に六十一歳になっていた。
実質的な議論は参与の間で交わされた。十二月二十四日まで討議が続けられた。

慶喜の官位剥奪《かんいはくだつ》については特に問題はなかったが幕府の領地の返納については公家の一人が「慶喜が直ちに所領を返納しないのはけしからん」と言って追い詰めようとした。岩倉の意向を受けている。

雪江は発言を求めた。

「ただいまのご発言の中身については私は納得いたしかねます。徳川家は自ら政権を返上いたしました。そのうえさらに所領まで返上せよと言われるのは徳川のみを追い詰めているだけではありませぬか。永年政権にあって心労を費やしてきたのであります。その他の諸侯の所領はそのままではありませぬか。苦労をした分だけ不幸になるのでは道理が通りませぬ。道理の通らぬことを押し通してその先をどのようになされるおつもりでしょうか。長州とは違い徳川には係累《けいるい》も譜代も多くお仕向け次第では皇国の争乱にもなりかねませぬ。私どもも宗家存亡の今なにとぞご寛容の処置をお願い申し上げる次第であります」

永年朝幕《ちょうばく》の間を走り回り争乱の回避に努めてきた雪江の働きを知っている者たちはじっと聞き入っていた。

しかし結局四百万石のうち二百万石を返上せよとなり春嶽と徳川慶勝がその伝令のため二条城にいる慶喜に伝えた。

「ごもっともの仰せなれど幕府の四百万石は実際には二百万石と少しばかりである。それゆえその中の二百万石ともなればいかにも影響は大きいので老中たちとも相談の上ご回答申し上げる」と慶喜は答えた。慶喜は朝廷の費用は諸大名からも負担すべきではないのかと考えていたようである。実際に収入が二百万石前後であったかどうかは分からない。駆け引きの材料として言ったのかもしれない。

当時二条城には幕府、会津《あいづ》、桑名《くわな》藩の軍勢が一万以上も待機していたが、彼等はいまこのように幕府を追い詰めているのは薩摩の仕業である、彼等を討つべしとして不穏《ふおん》な情勢であった。禁門の変の二の舞になってはならない。春嶽はそれを心配してここは一旦大坂城へ行くべきであると慶喜を説得する。

慶喜も味方が暴発することは避けたかったのでこれに従った。

春嶽と雪江は交互して京大坂を行き来するが薩摩を討つ雰囲気が感じられたので慶喜が入京するときは少人数で来るようにと伝えた。にもかかわらず慶喜は大勢の軍勢をつれて京に向かう。やはり朝廷を従わせることができるとの思いがあったのではないか。

上洛の途中伏見において薩摩軍と遭遇し慶応四年（一八六八年）一月三日戊辰《ぼしん》戦争の始まりである鳥羽伏見《とばふしみ》の戦いが勃発した。軍勢、武器ともに勝っていたにもかかわらず幕府軍は指揮系統の乱れから敗退する。

一月四日には天皇より錦《にしき》の御旗《みはた》が与えられて薩摩軍は官軍、幕府軍は賊軍となった。幕軍が第二次長征で負けたことや賊軍となったことおよび薩長の勢いを見て慶喜はもはや勝てる見込みがないことを悟る。特に尊皇の水戸家で育った慶喜にとって賊軍とされるのは耐え難かった。

大坂に居た慶喜は船で江戸に逃げ帰り上野の寛永寺《かんえいじ》に謹慎して朝廷に恭順する姿勢を見せた。頭の無くなった幕府軍は敗退を繰り返す。

会津藩の松平容保《まつだいらかたもり》は新政府に嘆願書を出して恭順を示したが朝廷はそれを認めない。徹底して徳川を排除するつもりであった。会津藩追討の勅旨が出されそれに対する会津藩士たちの反発は強まり後に会津戦争となっていく。多くの若者の犠牲者を出すなど全く無駄な戦争をしたものである。

一月七日には朝廷は慶喜への追討令を出す。続いて官位の剥奪のお沙汰書も出る。岩倉らは徹底して徳川の残滓を取り除くことを考えていた。

慶喜は春嶽に「永年の厚誼《こうぎ》を以《もっ》て朝廷へ御周旋頂《ごしゅうせんいただ》くようお願いする。徳川宗家《そうけ》も紀州大納言へ仰せ頂くよう」との書翰《しょかん》を出す。

受け取った春嶽は後継を指名するなどは恭順の趣旨に反すると考えて朝廷には出さなかったがこれは彼の判断の誤まりであった。二月十八日になって「追討使を差し向けられたことはまったく慶喜の至らなかったことによる。この上はいかようにされようとも従います」との慶喜の書が届く。すぐに朝議にかけたが朝廷は東征大総督《とうせいだいそうとく》（有栖川宮）に諮《はか》ることなくこの件は受け取れないと回答した。急遽有栖川宮へ書間を送ったが既に軍は江戸に向かって移動中であり届かず東征を阻止することはできなかった。

進軍中の官軍は東海道を経て大きな抵抗もなく駿府《すんぷ》に入る。ここで江戸城総攻撃を三月十五日と決める。この前に西郷隆盛の使いがイギリスの公使パークスを訪れる。パークスは強く反対する。「慶喜が恭順しているのになぜわざわざ戦いを仕掛けるのか。我々は強く反対する」として江戸城の攻撃の中止を求めた。彼等は貿易を目指しておりその障害になる戦争は避けたかった。また「我々は江戸湾に軍艦を派遣し慶喜公を海外まで送り届けることを考えている。場合によっては武力を行使してでも幕府を支えることもあり得る」とまで言ったという。これを聞いた西郷は驚愕《きょうがく》した。さらにその前にも慶喜は山岡鉄舟《やまおかてつしゅう》、高橋泥舟《でいしゅう》兄弟を差し向けて西郷を論破し江戸府中攻撃の無意味さを説得している。

世上言われているように勝海舟と西郷隆盛の会談で江戸無血開城が決まったかのようになっているが背後には既にこのような事情もあったのである。旧幕府を壊滅させるのを究極の目的としていた西郷が最後の最後で総攻撃を止めたのは英断と言えば英断であるが足元のしっかりしない新政府にとって諸外国特にイギリスを敵に回すことを回避したのである。

このあと彰義隊《しょうぎたい》との上野戦争もあり続いて散発的な東北地方の抵抗も続く。最後は土方歳三《ひじかたとしぞう》が立てこもる五稜郭《ごりょうかく》での箱館《はこだて》戦争もあったが恭順を示すところとあくまでも幕府に忠義なところと幕府側は完全に分裂し所詮大勢は覆《くつがえ》らなかった。

明治二年（一八六九年）五月十八日に戊辰戦争は終結した。徳川幕府は崩壊し明治維新となる。

慶喜については様々な見方があるが内乱を最小限に食い止めたことは評価しなければならないだろ

う。

戦争終結後の賞典のうち主だったものは薩摩の島津久光父子および長州の毛利敬親《もうりたかちか》父子へそれぞれ十万石を、土佐藩の山内豊信父子に四万石、越前福井藩の松平春嶽父子へ一万石が与えられた。また藩士では西郷隆盛が二千石が最高で大久保利通《おおくぼとしみち》が千八百石、福井藩では中根雪江が四百石をそれぞれ永世下賜《えいせいかし》を受けることになった。同時に徴士参与を免ぜられている。

しばらくは京に滞在していたが八月には福井に戻った。

薩摩、長州が大きな賞典を受けているのに対し賊軍とされた東北の各藩は軒並み大幅な減封《げんぷう》とされている。官制改革では太政官《だいじょうかん》や各省の首脳部は親王・公家であり薩・長・土・肥出身者で独占されている。唯一例外は春嶽の民部卿《みんぶきょう》兼大蔵卿《おおくらきょう》だけである。その春嶽もひと月もしないうちに大蔵卿を罷免され代わりに一段格下の大学別当《だいがくべっとう》（現在の文部大臣に相当）にさし替えられる。さらには明治天皇の侍講となって十八史略などを教える。

雪江は明治維新とはいえこれでは徳川が薩摩・長州に代わっただけではないかという思いがあった。しかし曲りなりにもこれで新しい時代となった。

# 十三　閑居

　雪江は徴士参与を免ぜられた時からしばらくは福井城下にいたが明治四年（一八六八年）五月には藩内の三国港宿浦《しゆくうら》に閑居する。

　宿浦は大河九頭竜川《くずりゆうがわ》が日本海に流れ込む河口にある。川面に沿って低い狭い道が続きさらに坂を上ったその先には名勝東尋坊《とうじんぼう》がある。

　日本海側にありながら冬でもそれほど雪は降らない。目の前の三国港付近には対馬暖流《つしまだんりゆう》が流れているからである。

　大陸から渡ってきた寒気は海の暖気に温められそれが湧きあがる様は気《け》あらしと呼ばれ、まるで風呂で湧きあがる湯気のようにも見える。特に寒いときはこの温められた空気は鉛色の空を背景にもうもうと立ち上がり重い雰囲気を醸《かも》し出す。それがこの付近の丘にぶつかって上昇し雪雲《ゆきぐも》となり福井平野に達して多量の雪を降らせる。

　これを見ながら雪江は自らとそして主君春嶽は共に重い宿命を背負わされてきたのではないかとも思う。二人は与えられた運命を懸命に生きてきた。

いまや春嶽も自分も政治の第一線から退いた。

思い描いていた理想の姿とは異なる世になったが部分的には納得できるものもある。類稀《たぐいまれ》なる才知と行動力を持った主君春嶽が活躍できるように自分は最大限の努力をしてきた。今や薩長の天下になったとはいえ越前福井藩も一時期は雄藩としてひかり輝いたときがあった。

雪江は宿浦のこの庵を「煙波楼《えんぱろう》」と名付け執筆活動に時を過しあまった時間は釣りに費やした。勝海舟も訪ねてきている。宿浦に居を移したのはもう一つ理由があった。既に嫡男師建《もろだて》は雪江のあとを継いでいたので彼に福井城下の屋敷を譲り自らは静かなところに隠居したいと思っていたからである。

師建は最初の妻である兎勢《とせ》との子であったがこのほかに長女の従《しずか》がいる。そのほかに次女の端午がいたが幼くして疱瘡で亡くなったことは既に触れた。後妻の勢記《せき》との間には四人の子が生まれたもののすべて幼児の時に亡くしている。このこともあり勢記とは今でいう協議離婚をしている。この後再婚はしなかったが妾はいた。この妾の寿美《すみ》との間にできた末娘が十五歳になり結婚することになっていた。

この娘千代は雪江が五十歳の時の子でまさかその年でできるとは思っていなかった。将軍継嗣を巡って左内とともに江戸、京そして福井を駆け巡っていた頃である。この頃の武家社会の多くがそうであったとはいえろくに娘の成長を見守ったことがない。

しかし一切の公職から退いた今になりようやく家族の大切さが分かった。

人並みに娘に餞《はなむけ》の言葉を与えるほどのことは何一つしてこなかったがそれゆえなおさらのこと娘の幸せを祈らずには居られなかった。

したとめ草と題した文を認《したた》め贈ることにした。

その内容は、人間の欲を戒め我了見《わがりょうけん》を抑えて人の意見に従うことや夫を援けその親にも従うこと。また夫への努め、親への務めなどを説いている。

おけいこ事、人の使い方への心構えや外よりの到来物《とうらいもの》などはまず親に差し出し下賜《かし》されればお受けすべしだとか女のたしなみとして朝は早く起き夜具はそのままにしては不躾《ぶしつけ》なり。あるいは女は愛嬌が第一なれば人に向かいては愛想よく振舞うべしなどと書かれている。

いまどきの女性が聞けば卒倒しそうなことがこまめに書き連ねられている。この辺はいかにも雪江らしい。しかし雪江はこれをものにしてわずかだがやっと父親らしいことをしたように思った。

この間にも「丁卯《ていぼう》日記」二巻や「戊辰《ぼしん》日記」五巻を書いている。何事にもマメである。

明治六年六月に正二位《しょうにい》に叙せられていた春嶽は先祖の墓参りと称して福井の城下に入りそのあと七月には三国港の雪江の閑居を訪れる。噂を聞きつけたかつての領民等が集まってきた。

既に四民平等《しみんびょうどう》の世の中になっていたが彼等は口々に「春嶽様」と懐かしげに呼びかけた。春嶽は何よりもうれしかった。一人ひとりに声をかけていった。この時に敦賀と三国港との間を往復する蒸気船も見学している。

さらに雪江宅に泊まるにあたり雪江の一族にも親しく接した。その瞬間に雪江は己の全生涯の苦労が報われたと感激する。

この夜、二人は際限なく語り明かした。それでも語りつくせなかった。春嶽はこの煙波楼を「松蔭《しょういん》魚屋《ぎょや》」と名付け翌日駕籠《かご》で福井まで帰っていった。

雪江はこれを機に「奉答紀事《ほうとうきじ》」の執筆を始める。


明治十年の四月に明治天皇に同行していた春嶽に続き雪江も入京して天皇に拝謁することになる。この時に紅白の羽二重《はぶたえ》各一巻を賜るという栄誉に浴する。

春嶽はこの時雪江に蔵書の整理を依頼し共に東京に向かう。

蔵書の整理などは誰にでもできるが春嶽は近くに雪江がいる方が安心だったのかもしれない。しかし夏を過ぎて雪江は身体の不調を感じる。

九月の終わりに足の痛みがひどくなった。

その当時に著名であった岩佐《いわさ》医師に診てもらうが脚気《かっけ》症であることが判り入院する。春嶽も見舞うが十月の初めに岩佐病院で亡くなる。

七十一歳と当時としては長寿であった。

春嶽はその死を悼《いた》み今は政府の中枢にいる主だった者にその状況を回状に認《したた》め廻す。また葬儀も取り仕切る。

その葬儀も終えて春嶽は感慨に耽《ふけ》る。自分はこれまで実に多くの人間に支えられてきたのだとつくづく思う。

その中心に居たのは紛《まぎ》れもなく雪江であった。

その春嶽も明治二十三年にその波乱の人生を閉じた。六十二歳であった。

翌年には佐佳枝廼社《さかえのしや》（越前東照宮）に合祀され昭和十八年には春嶽を主祭神とする別格官幣社《べつかくかんぺいしや》福井神社が創建されている。

辞世の句は

「なき数によしや　入《い》るとも
　天翔《あまか》けり御代《みよ》をまもらむ
　　すめ国のため　」

であった。

完

## 参考文献


1. 「昨夢紀事」全15巻　中根雪江　大正9年　日本史籍協会叢書
2. 「中根雪江先生」中根先生百年祭事業会編
3. 「松平春嶽の明治維新」高橋栄輔　2014年　V2出版
4. 「幕末の越前藩」福井県郷土新書　三上一夫　昭和49年　福井県郷土誌懇談会発行
5. 「男の背中　転換期の思想と行動」井出孫六　2005年　㈱平原社
6. 「雪の花」吉村昭　昭和63年　新潮文庫
7. 「日本の歴史」第22巻　津田秀夫　1975年　㈱小学館
8. 「日本の歴史」第24巻　田中彰　1976年　㈱小学館
9. 「堂々日本史　20」NHK取材班　1998年　KTC中央出版
10. 「幕末・京大坂歴史の旅」朝日選書620　1999年　松浦玲
11. 「明治維新を読みなおす」同時代の視点から　2017年　青山忠正　清文堂出版
12. 「若き日の春嶽」昭和48年　橋本左内先生奉賛会発行
13. 「松平春嶽のすべて」1999年　三上一夫、舟澤茂樹編　新人物往来社

14．「幕末維新と松平春嶽」三上一夫著　２００４年　吉川弘文館
15．人物叢書「松平春嶽」川端太平著　昭和42年　吉川弘文館

# あとがき

三十年程も前になろうか「麒麟」という小説を読んだ。橋本左内のことを書いたものである。凄い才能を持った人物が居たものだと感心したことがある。さらに左内について書いたものを読んでいくうちに春嶽に行き着いた。

彼の行動を調べていくうちに幕末には随分と多くのすぐれた人材が登場する。幕府側にも維新側にもである。明治維新の後は新政府側の人間ばかり取り上げられているが幕府側にも素晴らしい人間はいた。明治の終わり頃になりようやくそれらの人への光が当てられてくるようになる。双方の立場に俊才はいたのである。

ある時代に才能ある人間が集中するということがあるのだろうか。ある集団が危機に瀕したときそのような人間が生まれてくるのだろうか。それとも社会的な制約がなくなったときに抑えられていた才能が開花するのであろうか。幕末はまさに百花繚乱のごとく俊才が登場する。

春嶽も雪江もその中にいた。左内も直弼ですらそうであったかもしれない。彼らは命を賭して自らの理想に向けて駆け抜けた。

本稿では後の世からは優柔不断かつ中途半端と酷評されながらも第二の清にならぬよう駆け巡った

春嶽と雪江を焦点に当てて書いたつもりである。春嶽は謹慎処分を受けて逼塞していた間にも日本のあるべき姿に苦悩していたはずである。自らは徳川の血筋を引きながら結果としてそれを否定することになってしまう。

雪江以外その苦衷を知る者はいない。しかし不断のその姿勢を知る者は居た。それゆえ新政府の要人になるのである。

春嶽も慶喜も国内の内乱を何とか食い止めようと努力する。いくつかの文献からはそれが窺える。明治の書物は彼らを無視するか過小評価しているがそれは正しくない。

福井は時には近畿圏に入り時には北信越或いは中京圏に組み入れられる。中途半端である。地政学的に狭間にいるからやむを得ない。しかしながら一時期はひかり輝いたのである。

春嶽は江戸の生まれであるが青春時代以降は越前福井藩のために心血を注ぐ。

雪江はその下で駆け回る。

二人が政治の第一線から離れたとき何を思ったであろうか。

**【著者紹介】**

東 洵（あずま まこと）

大阪府門真市出身。昭和18年（1943年）生まれ。
工業高校卒業後家電メーカーへ入社。
その後大学応用物理学科を経て製鐵メーカーへ入社。
定年退職後73歳で小説を書き始め現在に至る。

**既刊**

「空襲」文芸社
「水郷に生きて」ブイツウソリュウション
「ビアク島」ブイツウソリュウション

春嶽《しゆんがく》と雪江《せつこう》　―この身《み》はこの君《くん》にいたすべきこと―


2020年7月9日　第1刷発行

著　者 ― 東《あずま》 洵《まこと》

発行者 ― 佐藤　聡

発行所 ― 株式会社 郁朋社《いくほうしや》

〒101-0061　東京都千代田区神田三崎町2-20-4
電　話　03（3234）8923（代表）
ＦＡＸ　03（3234）3948
振　替　00160-5-100328

印刷・製本 ― 日本ハイコム株式会社




郁朋社ホームページアドレス　http://www.ikuhousha.com
この本に関するご意見・ご感想をメールでお寄せいただく際は、
comment@ikuhousha.com までお願い致します。

 ISBN978-4-87302-719-7 C0093